宮本輝的童年與青春自畫像

泥河・螢川

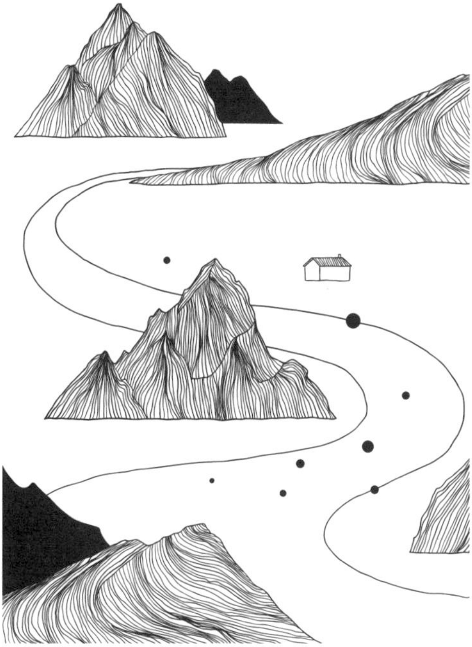

宮本輝

袁美範——譯

現今的世界隨著經濟貧富懸殊，人類也陷入了精神性貧富差距的漩渦之中。愈來愈多的人被膚淺的東西吸引，卻厭惡深刻的事物；過度評價無謂小事，卻蔑視真正重要的大事。

而我想，這個傾向將會日益嚴重吧。

然而，在精神性這個重要問題上，其實無關學歷、職業與年齡。因種種原因無法接受高等教育的無名大眾中，還是有許多人擁有深度的心靈；反觀更有無數從優秀大學畢業的人，做著令人欽羨的工作，仍無法擺脫幼稚膚淺的心智，任由年華虛長。

我二十七歲立志成為作家，至今已經四十年。這段時間以來，我總秉持著，想帶給那些含藏著深度心靈、高度精神性的市井小民幸福、勇氣與感動的信念來創作小說。

四十年來，我所引以為豪的，是我努力在小說——這個虛構的世界裡，展示了對人而言，何謂真正的幸福、持續努力的根源力量、以及超越煩惱與苦痛的心。

因此，那些擁有高學歷、經濟優渥，卻心智膚淺、精神性薄弱的人，應該不會在我的小說面前佇足停留。

而有這麼多台灣讀者願意讀我的小說，我感到無上光榮也十分幸福。衷心希望今後能將作品與更多的朋友分享。

堂島川與土佐堀川匯流為一後，改稱「安治川」，注入大阪灣。川與川銜接處建有三座橋，分別是昭和橋、端建藏橋與舟津橋。

稻草、碎木塊、腐爛的水果在土黃色的河水中載浮載沉，緩緩漂向下游，老舊的市營電車慢吞吞地駛過橋上。

安治川兩岸盡是船公司的倉庫，泊滿了無數的貨船，名雖為川，但實質上已隸屬大海的水域。反觀堂島川與土佐堀川的景致，均是矮小的民房並排成區，向上游一點的淀屋橋、北濱一帶大樓櫛比的大街延伸過去。

岸邊居民並不認為自己居住在大海附近。在河川與橋圍繞之下，耳邊時時傳來市營電車、三輪汽車震耳的噪音，委實令人難以聯想大海的風情。唯獨滿潮時，海水推擁著河水逆流，在河畔住家的正下方掀起波濤，再加上不時飄來海潮的氣息，才使人們想起大海就在不遠之處。

河上終日可見碰碰船[1]拖曳著大木船穿梭往來。這些碰碰船不過大如方舟，卻取了「川神丸」、「雷王丸」這等誇張的名字，唯有以多重油漆塗飾脆薄的船體聊掩寒傖，這也巧妙地言明了船夫們過得何等拮据。下半身杵在狹窄船艙的船夫們，只要以異常堅決的眼神斜瞪橋上垂釣的人們，那些人便連忙收回釣線，將垂釣場所移往橋頭邊上。

夏天，幾乎所有愛釣魚的人都集中在昭和橋上。橋上拱形的大欄杆提供了最佳的乘涼場所。在豔陽高照、燠熱難當的日子，釣魚的人們、路過順便觀看釣魚成果而遲遲不忍離去的人群，還有一些茫然注視著碰碰船喘不過氣般在河上吃力前進、劃破籠罩水面上虛幻的金色炎陽景色的人們，都佇立在昭和橋一角蔭涼的地方吵吵鬧鬧。由這座架在土佐堀川上的昭和橋望去，側岸的端建藏橋邊，有家柳食堂。

「叔叔下個月要買貨車了，這匹馬送給小雄好嗎？」

「真的嗎？真的要給我？」

夏日的陽光從店門口照射進來，在這名男子的身後形成光圈。這名男子總在午後駕著馬車駛過端建藏橋，而後在柳食堂打開他的便當，用完飯後再要份刨冰來吃。在這段時間，馬兒乖乖地待在店門口等待。

信雄走到正在烤「金鍔燒」[2]的父親身旁，高興地說：

「叔叔說那匹馬要給我哪！」

母親貞子一邊在刨冰上倒糖汁，一邊緊緊盯視著：

「我們家這父子倆可是不懂什麼玩笑話的。」

馬在此時難得地嘶叫起來。

昭和三十年（一九五五年）的大阪街道上，汽車數量急速增加，但是依然可見這類仰賴馬車為生的男子身影。

「狗啦貓啦，房間裡還有三隻小鳥哩，爸爸要比小雄辛苦多了……到最後竟然要養馬，這可真要好好考慮一下了。」

男子大笑起來。

「不懂玩笑的是媽媽。喏，小雄。」

男主人晉平說著，將一塊「金鍔燒」遞到信雄的手上。信雄臉略朝下，翻眼瞟視父親，似乎不滿老在吃「金鍔燒」。

「老是吃金鍔燒，已經吃膩了，我不要了，我要吃冰！」

「不吃的話，連冰都不給你吃！」

信雄連忙大口吃起來，心中卻暗暗吶喊著母親常常說的話——夏天烤金鍔燒能有什麼生意！

「這兒可不是你的廁所啊！」

貞子皺著眉頭，吆喝著跑了出去。那匹馬按照往常的習慣，在店門口固定的地方屙下了一堆糞便。

「實在很不好意思……」男子似乎不知如何道歉，招招手叫信雄過來。

「分一半給你吃，去拿根湯匙吧！」

信雄和男子面對面坐著，合吃一盤滿滿的刨冰。信雄偷偷看著男子臉上被燒傷的疤痕。左耳殘缺不全，宛如熔掉一般。信雄很想問叔叔的耳朵到底怎麼了，但是三番兩次一要開口，身體就熱得發燙。

「戰爭結束後，在大阪也待了十年了，到現在還是靠拉馬車掙錢過日子。」

「你說要買貨車是真的嗎？」

晉平在男子身旁坐下來，開口問道。

「中古的啦，新車怎麼樣也買不起喔。」

「就算是中古的，貨車畢竟是貨車，也辛苦那麼久了，今後可以輕鬆啦！」

「辛苦的是那匹馬。那傢伙從不擺出不悅的神情，總是很認真地替我幹活。」

晉平打開啤酒放在男子的面前。

「這算我請的，提前喝一杯，慶祝一下吧。」

男子謝了又謝，很高興地喝起啤酒來。

「雖說以後開貨車營生，還是得常常光顧柳食堂哪。我在這兒開店，第一位顧客就是你呢！」

「是啊，那時候這一帶到處都是大火燒過的廢墟哪！」

草莓色的刨冰猛然間化成一股刺痛直衝上腦門，信雄含著湯匙不由自主地扭動著身軀。晉平邊說不要吃這麼急，邊用手掌擦拭信雄的嘴角。

「那時候小雄還在肚子裡。」

男子對清掃店門口的貞子說。

「真是認識好長一段時間了，跟你也是如此……」

貞子對著馬兒感慨地說著，將裝著水的桶子放在馬的面前。馬喝水的聲音與遠處碰碰船傳來的聲音，在午後溽熱的店裡混成一片。

男子開口說起死過一次的經驗。

「我真的死過一次哪！我還記得清清楚楚的，那時候只知道身體一直朝黑暗的地方沉下去，突然看見好像蝴蝶的東西在眼前飛舞，我連忙用手去抓，就在抓的那一剎那醒來了。據說我確實有五分鐘左右沒有呼吸，也沒有心跳……一直抱著我的那個長官是這麼說的。什麼人死了以後一切都結束了，那絕對是騙人的。」

「戰爭我是受夠了！」

「說不定又有哪個傻瓜開始覺得無聊難耐哩。」

男子說還要到歌島橋便站起來，臉上不知因何事而露出愉快的神情。

「今天貨堆得很多，不知道爬不爬得上舟津橋的斜坡……？」

天氣實在太熱了，市營電車的鐵軌都扭曲變形了。

「小雄，今年幾歲啦？」

凝神望著馬兒溫柔大眼的信雄挺起胸膛回答：

「八歲了，念二年級了。」

「噢？我的孩子才五歲呢！」

信雄靠著店門口的窗戶，目送著男子與馬離去。

「叔叔──」

男子應聲回頭看。信雄脫口叫了一聲，完全無任何意思，不由得覺得害羞，怯怯地對男子笑了笑。男子也笑起來，就這樣拉著馬的轡繩一步步向前走。軀體肥碩的糞蠅在陽光下發出晃眼的亮光追隨在後面。

馬無法爬上舟津橋的斜坡。試了幾次，總差那麼一點點，馬跟男子都露出些許疲倦、焦急的模樣，結果連車子、市營電車以及路上行人都停下來看著他們。

「唷吼！」

隨著男子的吆喝聲，馬擠出全身的力氣。黃褐色的軀體上隆起奇異的肌肉疙瘩，在炎陽下劇烈震動著，大量的汗水沿著腹部滴落在地面上。

「分兩次過橋怎麼樣？」

應晉平說話聲而回頭的男子大幅搖手，便繞到馬車後面，用力推著車子，吆喝馬兒一起登上斜坡。

「唷吼！」

但是，馬蹄卻在熔成泥狀的瀝青上打了個滑。信雄的頭頂上揚起貞子的尖叫聲。

男子被突然倒退的馬車撞倒，墊在滿載鐵屑的馬車底下，先是後輪壓過腹部，接著是前輪彎過來壓過胸部與頭，再下來是拚命掙扎但不住下滑的馬蹄將男子全身都踩碎了。

「小雄，不要過來！」

晉平拚命朝躺在血泊中的男子跑去，而後步履沉重地走回店裡，打電話叫救護車。

「不會死吧？沒事吧？」

貞子蹲在店門口，嗚咽自語。晉平拿起捲好立在調理台一隅的蓆子，再度走出店門。

「信雄，進來啊！」

貞子叫著，但信雄一動也不動。

晉平將蓆子蓋在男子身上。那是張傍晚乘涼用的織花蓆子。信雄蹲在大太陽底下，凝視攤在灼熱的瀝青路上鮮豔醒目的菖蒲圖案，以及其下方蜿蜒流到舟津橋邊的鮮血。但不久之後，就被人群遮住。

「真可憐，一定口渴了。小雄，拿水去給牠喝吧！」

晉平用桶子汲水。信雄雙手提著水桶，穿過馬路，走近馬的身旁。馬嘴淌下的口涎如藕粉茶一般，連同劇烈的呼氣，都噴到信雄的臉上。

馬並不想喝水，只以充血的眼睛交互凝視著信雄與桶子裡面的水，不久又將視線移向躺在織花蓆子下已死的主人，一直忍耐著灼熱。

「牠不喝水。」

信雄跑回父親的身旁跟他說。晉平頻頻擦拭著額頭的汗水。

「牠認為是自己殺死主人的……」

「那匹馬會死啊！爸爸，那匹馬會死啊！」

信雄的身上突然全是雞皮疙瘩，他趴在父親的膝蓋哭泣著。

「沒有辦法……爸爸和小雄根本幫不上忙。」

馬不久就被解開，不知被帶往何處；只剩那輛馬車，自從慘劇發生後，過了無數天，仍擱置在橋頭。

遭受風吹雨打的馬車旁，站著一個沒撐傘的孩子。馬車上蓋著粗草蓆，粗草蓆下仍是原來負載的鐵屑。

颱風快要來了。

民宅的窗戶全都釘上木板，屋子靜靜蜷蜛於窗內。稻草塊、破碎的木箱殘骸全隨著細雨刮過路面。

信雄微微打開二樓的雨窗，凝望少年的背影。這還是他頭一次這樣子窺視著人。少年佇立在人車無蹤的灰色道路旁，身影似乎就要被搖擺中的巨柳綠意捲裹住。

信雄為免吵醒雙親，小心翼翼走下樓梯，接著走出大門，慢慢走近少年。他全然不在意風吹雨打，不知因何緣故，就好像被什麼吸引住了般。

走至少年背後兩、三步處，信雄同樣佇立了一會兒，才以自己也嚇了一跳的高亢聲音說：

「你要幹什麼？」

少年猛然回過頭來，臉上盡是水滴，凝視著信雄，接著笑說：

「這鐵，可以賣個很好的價錢……」

一發覺少年想偷竊鐵屑，信雄高聲叫著：

「不行！這是那個人的東西，你不能偷！」

信雄認為這是那個死去男子的重要貨品。

「我知道……我不是要偷……」

少年說著，再度諂媚地笑起來。但信雄依然不能安心似地監視著少年。

遠方響起貨船的汽笛聲，同時雨勢突然變大了。傾盆大雨中，信雄悄悄窺看少年的臉龐。他有一雙可愛、令人產生好感的圓眼睛，厚厚的嘴唇半開著，可以看見裡頭白白的小牙齒。

「這些鐵是那個馬車叔叔的。」

「……嗯！」

信雄點點頭，心想少年怎麼會知道這件事。

「那位叔叔，前一陣子在這兒死去了。」

信雄向上翻了翻眼珠子，喃喃自語。每當不知如何是好時，他總是以這個動作來應對。

「那傢伙，常到我家來呢！」

少年從嘴中吐出這些話，眼睛眨也不眨一直注視信雄的臉孔。兩人默默凝視彼此好一會兒。

「我家在那兒。」

突然，少年指向土佐堀川的方向，然而在朦朧的雨景遠方，只隱隱約約看見橋上的欄杆聳立於風雨之中。

「在哪裡？看不見啊！」

少年穿越過市營電車的鐵軌，往端建藏橋上跑去，信雄也尾隨在後。

「那兒呀！在那個橋下……喏，就是那艘船。」

仔細一看，湊橋下方的確繫著一艘小舟，但看在信雄眼中，卻像是一團纏繞在橋桁上的穢物。

「就是那艘小舟。」

「……你住在船上啊？」

「是啊！本來住在上游，昨天才移到那裡。」

少年雙手托腮倚在欄杆上，信雄也學樣站在旁邊。信雄個子略高了一點。

「不冷嗎？」

少年問道。

「嗯！不冷……」

兩人渾身都濕透了。風雨從側面吹打過來，正想著雨勢會變大時偏又轉小了，一會兒之後又變大，就這樣子時大時小反覆不停。

就在此時，一直茫然俯視著混濁的河水漸漸漲升至住家底下的少年，突然抓住信雄的肩膀大聲叫起來。

「妖怪！」

「什麼？什麼妖怪？」

信雄循著少年的視線，往下探視微暗的水面。

「鯉魚精哪！你看那兒，那裡啊，有一隻好大的鯉魚在游泳！」

嘩啦啦下不停的雨落在泥巴色的川面，形成無數的波紋，深藍的雨水不斷繪出紋樣，在其中形成漩渦，匯集而至的汙穢物衝撞橋桁後，也隨著水勢不斷旋轉。信雄用手拭去雨滴，拚命地往河面上探看。

「哇——」

一看，不由得高聲叫起來。淡墨色的大鯉魚好像應雨浮上來一般，在水面上緩緩地畫著圓圈。

「這麼大的鯉魚，我還是第一次看到呢！」

事實上，鯉魚的長度大約有信雄的身高那麼長，一片一片的魚鱗邊緣還鑲滾著淡紅的線，圓滾滾的軀體下方似乎還放射出某種妖異的光芒。

「連這一次，我已經看過三次了，在以前我住的地方看過兩次。」

少年說著便湊近信雄的耳邊交代：

「不可以對別人說喔！」

「什麼事？」

「看見這個鯉魚的事啊！」

雖然不知道為什麼不可以對他人說，信雄還是咬著嘴唇用力點點頭。與這個來歷不明的少年共同擁有一個祕密，令信雄興奮得心噗通噗通地直跳。不久之後，鯉魚一個翻身潛進土佐堀川湍急的河水裡。

信雄指著自己的家。

「那兒的麵店就是我家。」

「哦！烏龍麵店……」

少年似乎還想多說些什麼，但卻突然轉過身，頭也不回地跑過端建藏橋，身影從昭和橋上拱門狀的欄杆中逐漸消失。像是交接少年而來的一塊大木板，聲勢驚人地飛撲過來，眼見自己即將成為靶子，信雄拔腿逃回家去。

那天夜裡，信雄發起高燒。

「那麼大的雨，為什麼跑到外頭去呢！」

不論貞子怎麼盤查詢問，信雄就是悶不吭聲。傾身聆聽外頭狂風暴雨交奏的聲響，信雄覺得自己熱呼呼的身體似乎被母親的體味黏糊糊地包圍住。他閉上眼睛，彷彿看見少年騎著鯉魚溯泥河而上。

「乖乖不要亂動，只要多流點汗，燒就會退了。」

父親晉平笑著幫信雄蓋好被子。跟父親提那隻鯉魚精應該沒關係吧。

「那隻鯉魚好大好大喔——」

停電了，附近一帶的電燈全都熄滅。亮起燭光之前的片刻間，信雄在一片陡然入內的漆黑中，突然想起死去的馬車男子。他伸出手探摸父親。晉平擦亮火柴，火光在黑暗中宛如蝴蝶般舞動。

「什麼大鯉魚啊？」

父親的身影投射在天花板上搖晃不定。

「……我，想釣大鯉魚。」

「好吧！下一次爸爸一定釣到。」

「在哪兒呢？」

「中央市場啊！」

信雄與晉平倒在棉被上打滾，咯咯地笑起來。

過了一會兒，確定父母都睡著了，信雄又悄悄爬起來，從臨河樓梯一處忘了釘上木板的小玻璃窗往外看，搜尋著少年的家。

風雨中，對岸的人家，一整排照明的燭光時隱時現。就在湊橋附近，鄰近河面之處，發現一盞黃色的燈，像孤魂般無依無靠上下飄動著。

啊！那就是那個孩子的家吧。信雄這麼想著。他將臉緊緊貼著玻璃，著魔似地一直眺望。

曙光照得河上發出濕氣。天上飛馳著片片的雲朵。河畔處處響起鋸子、鐵鎚的聲響，間雜可聽見孩子們的歡笑聲。

颱風離去後的河川上，除了榻榻米、窗戶木框之外，還漂流下帶框的油畫、木製裝飾品等等意想不到的物品。附近的孩子們手持長木桿、網子聚集在河邊，打撈一些比較值錢的東西，置於太陽下曬乾。這也是颱風過境後的樂趣之一。在這種日子裡，鯽魚、鯉魚總是成群從早到晚浮在水面上，輕鬆地讓疲憊的軀體恢復元氣。

「可以起來了嗎？」

信雄已經問過母親好幾次。

「胡說什麼！今天一天給我乖乖睡覺，誰叫你身體那麼弱，動不動就發燒。」

外頭孩子們的吵鬧聲愈來愈大，不知在喊些什麼。往外一看，原來是豐田家那對雙胞胎兄弟駕著小舟橫行河上。念中學的他們擁有一艘小舟。有船就可以在橋下、河流分歧點處自由自在地捕捉成群的河魚。兩兄弟似乎有意嘲弄那些豔羨不已的孩子們，放學後必然於河上泛舟。

信雄他們儘管憎厭這對兄弟，臉上可不忘擺出討好的笑容。一來當然是希望能被邀請一起泛舟，再來也是想看豐田家內院的大魚池。信雄好幾次翻眼瞟望那兩兄弟的臉孔，看著他們誇張地伸開雙手比劃：喏！這麼大的鯉魚，你們連看都沒看過！

今天，那兩兄弟又可從漂流物中撈取值錢的東西了。信雄目送他們的背影遠去，心中卻漲滿一種因勝利而揚揚得意的情緒。就算那兩兄弟再怎麼神氣，絕對比不上那隻鯉魚精。他瞇著眼睛窺視對岸。朝陽灑在河面上熠熠發光。在一方黑影中看到了船屋。倉庫、民家或電線桿的輪廓都是安定分明，但影子卻搭著船搖晃不已。

貞子一眼就察覺到信雄的視線。

「搬來了一艘奇怪的船喲……」

晉平也在窗邊坐下來，把釘上去的木板卸下來。

「是啊！還是艘幽雅的船屋哪！」

「電燈、自來水這些要怎麼辦呢？」

「這個嘛，要怎麼辦……」

接近午時，店裡漸漸忙碌起來，信雄瞞著雙親爬起床，悄悄從後門溜出去，往船屋走去。

豎立的招牌被吹得七零八落，耀眼的陽光黏糊糊地糾纏在脖子上，如同宣告颱風已經過境了。斷落的電線垂落至昭和橋欄杆上，數名作業員正為修理架線忙得汗流浹背。

湊橋旁有一條小路蜿蜒而下，原本這裡並沒有這條小路的，一定是住在船上的少年一家人臨時開出來的。與船屋相望的對岸上，市營電車與汽車的噪音、某種類似人聲雜沓的聲浪，以及遠遠傳來的碰碰船響聲，起起伏伏。停滯在這一帶的大堆廢棄物，隨著潮水漲退濕了又乾、乾了又濕，在岸邊的淤泥上逐漸腐爛。

信雄頻頻在看那艘船屋。看來好像是利用廢船加以改造再安裝上個屋頂似的。船上有兩個入口，都架有長長的木板供人登船，似乎無人照料。不，不如說那船屋散發著一股遠離人群的寂寥，連信雄這小孩都感覺得出來。他猶豫是否該進去，一直佇立在橋旁。

一會兒之後，陽光灑落在屋頂的一隅，開始炙焙腐朽的木頭。信雄將視線移向河面，突然覺得這條打自己出生以來一直自身旁川流不息的土黃色河水，今天為什麼看起來特別的骯髒。轉念之間，滿是馬糞的瀝青路面、傾斜的灰色橋樑、川邊住家黑兮兮的光澤，所有一切汙穢的情景全湧上心頭。

信雄很想回家了。他凝視對岸自己家的屋頂，看見二樓的竹簾子微微搖動著。就在此時，不知誰從背後推拍他的肩膀。回頭一看，少年拎著一個大水桶站在那兒。

「來玩嗎？」

少年懷疑地瞅瞅信雄的臉龐。信雄避開少年的視線，眺望著遠方點點頭。不請自來一事令他自覺很難為情。因此，情急之下便編了個謊話：

「昨天那隻鯉魚又在那個地方浮起……」

「真的嗎？」

不待話說完，少年拔腿就跑，信雄也跟在後面跑。跑著跑著，信雄自己都真的認為鯉魚精又出現了。

他們從端建藏橋中央往下俯看。

「在哪兒？咦，根本沒看見嘛！」

信雄指著河面。

「……嗯，早就潛進水裡面了嘛！」

少年似乎頗為遺憾地嘆了口氣。

這時那對雙胞胎兄弟正駕著小舟，在信雄家的下方一帶來來去去。

「不會被那些傢伙發現吧？」

「放心，絕對不會被發現的！」

「為什麼你敢說絕對呢？」

被少年這麼一問，信雄不禁覺得有幾分狼狽。

「為什麼……因為那隻鯉魚馬上又鑽進河裡了呀！」

「怎麼不早說呢，害我拚命地跑。」

少年兩邊臉頰在陽光下顯得紅通通的。看著那幾分老成持重般的笑靨，信雄覺得自己的謊言似乎已被對方識穿。就在此時，信雄第一次發現少年穿了一雙女生的紅色帆布鞋，鞋尖還破了，露出了大姆趾。

「到我家去。來啊！」

一直凝視信雄臉孔的少年一說，拉起他的手就跑，兩人又跑回湊橋。走下小路要踏上踏板時，信雄一不小心陷入岸邊的泥濘當中。

「哇啊！連鞋子裡都是泥了。」

拉起信雄一隻在泥中淹沒至膝蓋的腳後，少年大聲叫著：

「姊姊！姊姊！」

一位比信雄大兩、三歲、膚色白皙的少女從船屋探出臉來，兩手撥開前面的頭髮看著信雄，她的眼睛長得和少年十分相似。

「他是那烏龍麵店的孩子啦。」

少年指著對岸信雄的家告訴姊姊。

少女走出船屋，默默將信雄帶至船頭，令其坐下將腳伸至河面，而後從船艙中用水杓舀水來。

「你叫什麼名字？」

少女一邊問一邊往信雄腳上潑水。

「……板倉信雄。」

「幾年級了？」

「二年級。」

「哦！那跟阿喜一樣大嘛！」

阿喜就是那少年的小名。信雄不好意思地問姊弟倆的名字。心想這本是大人才做的事，問得臉都紅了。

「我叫松本喜一。」

姊姊叫銀子。

「念哪一所學校？」

少年考慮了一會兒，眼睛看著姊姊回答：「學校……我沒上學。」

「哦……」

賣綠竹的兩輪拖車行經湊橋。那對雙胞胎兄弟還在撈取漂流物，隨著小舟左右晃動，剃得青青的頭皮遠遠地發出亮光。

少女細心地清洗信雄的腳，水用完了便走入船內舀水來。少年在一旁汲取河水來清洗帆布鞋。信雄茫然遠眺順流漂來的西瓜皮，伸出腿任憑少女處理。雖然坐在大太陽下冒出不少汗，但身體卻升起陣陣寒意，信雄心想晚上大概又要發燒了。

少女一一掰開信雄的腳趾頭沖水，水花四散飛濺。舒服極了，但又深感難為情，頻頻大幅度扭動身體，每當信雄扭捏不安時，少女總報以一笑，信雄斜睇少女的笑靨。

「喏！沖乾淨了。」

少女用粗布衣裳的下襬將信雄的腳擦乾。

「信雄的睫毛好長啊……」

信雄漲紅著臉，囁嚅地說：

「叫我小雄吧。」

「小雄，進來吧！裡頭很涼快唷！」

少年將濕漉漉的帆布鞋放在船頂上，向信雄招呼著。

船裡頭大概有四蓆半榻榻米那麼大，擺著一個發黑的衣櫃、小圓桌。置身其間，水上之家漂盪不定的感覺自腳底傳來。船上有兩個房間，以三夾板隔開。要到隔壁房間，必須走到船外，從另一個渡口進去。

天花板上垂掛一盞陳舊的煤油燈。信雄想起昨夜看見這盞黃色燈光的情景。

「水提了嗎？」

隔壁房間傳出一個女人的聲音，似乎是兩姊弟的母親，聲音又細又低。

「公園的自來水要到傍晚才會供水。」

少女答道。房間的入口擺著一個大水甕。

「口渴得不得了。還有一點水吧？」

「……嗯。」

少女將水甕打傾，用水杓舀水上來，但只舀上半杯左右。知道了少女用來為自己洗腳的水對全家而言這麼的珍貴，信雄不自禁低下頭、蜷起身子。

「是誰來了？」

「河對面那間麵店的孩子。」

不知因何緣故，少年回答的口吻含著怒氣。

「不要隨便帶別人家的孩子來。」

「他是我的朋友啊！」

「哦！什麼時候交的朋友？」

「昨天哪！」

「……昨天？」

母親轉而對信雄說話。

「小弟弟，河對面的麵店是不是叫達磨屋啊？」

「不是的……是柳食堂。」

「跟我家的孩子往來，會被家人罵喔！」

信雄不知該如何回答是好，頓覺坐立不安，默默地不出聲。

母親又開口說話。

「喜一，家裡有黑砂糖吧？拿出來請人家啊！」

少年從架子上搬下一個零食鋪才有的大玻璃罐，倒出黑砂糖做的糖塊，看準較大的，接著挑出三塊形狀十分相似的黑砂糖塊，遞給信雄與姊姊。

從那之後不再有聲音響起。微暗的船艙裡籠罩在莫名的寂靜當中。三人默默地啃著黑砂糖。每當碰碰船通過後不久，水波便湧上來使船屋大大搖晃一陣子。

回到家後，信雄的身體還持續搖晃著。他拉起簾子，用手托著腮幫子倚在窗邊凝視船屋。阿喜母親房間那邊正處在陽光下。河面上吹來的和風帶著熱氣不斷撫弄信雄的風鈴。公園的自來水要到傍晚才會供水……少女說的話以及水杓刮過水甕底發出的嘎嘈聲，都還殘留在信雄的耳際。

信雄站到樓梯一半處窺看店裡的情形。沒看到媽媽，大概是出去了。晉平坐在店門口的長椅子上看著將棋的書。信雄悄悄走近冰箱，偷偷拿出檸檬汽水，而後又朝船屋走去。

抱著冰冷的汽水瓶，信雄本想走下湊橋旁的那條小路，突然之間，少女手指溫柔的動作，甚至那沿著背脊爬升上來的酥癢感觸，竟化為一股苦悶、寂寞，在信雄的腳底甦醒過來。

信雄又折回來時的路，一直走回到昭和橋心，將檸檬汽水丟至河中。自己也不明白為什麼這麼做。

走走停停，停停走走，信雄花了很長的時間才走完昭和橋。

有一艘名叫「山下丸」的單座木舟，揚立一片紅底織著黑色船名的旗幟，由一位年已過七十、沉默寡言的老人駕著，以採沙蠶維生。

老人將河底的泥塊撈起來，放在濾器中，再以河水不斷沖洗，不久便可濾得數隻沙蠶。每當橋上並排垂釣的人們招招手，老人便以緩慢的動作搖櫓，將小舟搖過去；釣魚的人將若干零錢放在空罐、餌箱中，用繩子垂至老人的鼻尖處，老人便按金額多寡放進一定分量的沙蠶。

紅色肥碩的沙蠶藏在汙穢的泥底，對信雄來說並不是什麼不可思議的事。信雄很久以前便常做一個惡夢，夢見自己的胸部被剖開，裡頭還有一層厚厚的泥膜，從中湧出無數的沙蠶。而在河裡經常會漂來剛出生的嬰兒，長長的臍帶隨著水流搖曳。一有這種事，信雄晚上必然會被無數沙蠶糾纏不休的夢魘纏住。信雄討厭沙蠶以及從河底撈取沙蠶的老人。

那一天，和銀子、喜一姊弟認識後過了三天，信雄一大早就醒了。朝陽尚不見芳蹤，但河面上早已鋪滿鵝黃色、輝煌的光芒。

信雄百無聊賴地俯看土佐堀川。老人駕著山下丸號，如常在河中央撈取沙蠶，看來大概打算趁清晨較涼快將工作做完吧。

老人用慣常的手法捕沙蠶，信雄眺望了好一會兒。朝霞滿天之中，船屋靜靜僻居暗處。信雄回頭看正在睡回籠覺的晉平，當他再度茫然遠眺河面，突然發現老人不見了。只有那艘山下丸號微微搖晃浮動，帶起一圈圈水紋，漸行漸盪向岸邊。

信雄用手托著腮幫子，思考著事情原委，而後才想起事情不妙了。

「爸爸！爸爸！」

信雄把晉平搖醒。

「山下丸號的老爺爺不見了！」

「哦？」

晉平睜開一隻眼不高興地瞅了河面一眼。

「什麼？你說什麼不見了？」

「老爺爺好像不見了！」

一確認小舟上沒有人，晉平立刻跳起來。

「不見了……會不會是掉下去了？不得了了！老爺爺掉到河裡了！」

晉平報案後，來了好幾輛警車，不久便在河上大舉打撈屍體，但始終沒有找到老人。

由於沒有他人看見老人最後的蹤影，到傍晚時，信雄與父親都被傳喚至警察局。

「好吧！你靜下來一定可以想起來。老爺爺的確是駕船去撈沙蠶嗎？」

警察問話時將金平糖塞在信雄口中。

「……嗯。」

每回答一個問題，警察便將一顆金平糖塞入信雄口中。

信雄拚命回答，連第一班電車通過、太陽還沒昇起、想上廁所的瑣事都說出來了。

「好了，好了。現在開始是重要的事情囉。老爺爺，是掉下去？還是自己跳下去？」

「……不知道。」

警察立即露出不悅的神情，用鉛筆尖敲著桌子。

「你不會不知道的。不知道就麻煩了。好好想一想吧。」

覺得麻煩的反而是信雄，他翻了翻眼珠盯著警察，嘟囔說：

「我沒看見，不知道。」

「你說沒看見……可是你又看見老爺爺去撈沙蠶，最後你又說老爺爺不見了，還把你爸爸叫起來，為什麼偏偏沒看見老爺爺掉下去呢？」

「為什麼沒看見，可能是他在那個時候正看著其他地方啊！」

晉平在旁聽得一肚子火，忍不住插嘴。

「我是在和你兒子說話！……那個老爺爺住在哪兒都還不知道哩！說不定是艘空船順流漂下而已。」

「這種事不是由警察調查就可以了？小孩子不是說他沒看見嗎？應該可以了吧！」

聽著父親與警察你來我往爭執不下，信雄突然說：

「那個老爺爺或許被吃掉了！」

「你說什麼？」

「或許被鯉魚精吃掉了！」

警察一聽信雄這麼說便死心了，將父子倆都釋放。

與父親手牽手回家的路上，信雄仍不斷重複同樣一句話。

「老爺爺被鯉魚吃掉了，真的，我親眼看到了！」

「是啊、是啊！他撈了太多的沙蠶，最後連自己也變成了魚餌囉！」

當天晚上，媽媽貞子抱著信雄一起睡。對於口中念念不忘大鯉魚的兒子，倍覺憐惜。

老人的屍體最後還是沒有找著。

「真是靜不下心來的孩子。吃飯時就好好吃飯，不要東張西望！」

看著信雄頻頻凝望對岸，貞子突然敲一下信雄的手。

夕陽像一個鏽紅的火球逐漸變黑，向河面緩緩沉墜。河畔處處傳送出晚飯的香味，兩姊弟這時也離開船出來玩。信雄從家中偷看對岸的光景。喜一與銀子蹲在暮色沉沉的路旁似乎在玩某種遊戲，不久之後，兩人的身影便被夜色淹沒，依稀仍可看見身影時隱時現。夜深了，他們母親房間的燈火也時明時滅，投射出一股比漣漪之緣更虛幻無常的氣氛。船屋與姊弟倆遙遠的身影恰與自己家中燈火熒煌景象成對比，衍生出離奇不可思議的力量，深深魅惑了信雄的心。

「下一次可以帶阿喜來家裡玩嗎？」

「阿喜是誰？」

「就是那個船上的孩子。」

「哦！你和那家的孩子已經成了朋友？」

「嗯。阿喜的媽媽還請我吃黑砂糖哪！」

天色漸暗，貞子點起房間裡的燈。

「哈！難怪這一陣子你老注意河對面。」

「還有個叫銀子的姊姊。」

信雄說出陷入泥濘一事，以及後來銀子為自己洗腳的經過。

「他們家是做什麼買賣的？」

信雄辭窮。經這一問，他才認真思索起那一家人到底是以何營生。

「我不知道哪……要是阿喜來的話，要請他吃刨冰喔！」

「好好好！既然是小雄的朋友，當然要好好招待囉！」

貞子匆忙要下樓到店裡接替晉平看店。晚上店裡幾乎沒什麼客人，不過習慣上還是到八點才打烊。此刻，想早一點喝幾杯的晉平正在樓下催貞子下來。

「小雄，功課都做完了嗎？」

晉平邊問邊爬上樓來，用兩隻手挾著信雄的臉孔。

「做了一半。」

「剩下的一半要爸爸做嗎？」

「老師說功課一定要自己親自做！」

晉平一邊笑著，一邊將酒瓶裡的酒倒在杯子裡，一口氣喝乾。

「那個女老師真的這麼嚴格？」

「嗯！她還說欺騙她的話，她馬上就會發現。」

「暑假本來就是要讓人好好玩一下嘛。不能好好玩耍的話就不能成為平凡的人。我並不希望我家唯一的孩子成為多麼了不起的人……你就跟老師說爸爸這麼拜託她。」

信雄又把兩姊弟的事說一遍給父親聽。

「聽說他們的父親是在戰爭中受傷死去的。」

信雄頗為意外父親竟然知道船屋一家的事。

「河上那些傢伙們說的，我是不經意聽到的。聽說是什麼骨髓炎，一種骨頭會逐漸腐爛的病。……戰爭還沒有結束呢，小雄。」

每當晉平喝醉時就脫光上身的衣服，露出在戰爭時留下的彈痕。一道很大的傷痕，從背部貫穿至肋骨下方的槍傷。

「晚上不可以去那艘船上。」

「……為什麼？」

晉平默默地搖搖酒瓶，催促信雄去熱清酒。照晉平的說法，信雄是熱清酒的天才。儘管有時覺得不夠熱，有時又太燙，都被晉平讚賞是最適宜的熱度。

「做這些奇怪的事，你倒是挺拿手的。」

「為什麼晚上不可以去阿喜的家？」

晉平不直接回答這件事，倒在思考著別的事情，撐著下巴才又開口：

「小雄想不想在大雪紛飛的地方居住？」

「大雪紛飛的地方是哪？」

「新潟。」

對信雄來說，新潟這個地方到底在哪裡，完全沒有概念。

「爸爸想再嘗試其他的事……。更有幹勁的事喔！」

「……」

「我也曾經死過一次。那個馬車叔叔死的那一天，真的就在那一天，我的身體宛如被絞乾了一般。我曾經死過一次——那傢伙老是這麼說才會死的。那傢伙跟我都曾經有過好幾遍好幾遍快要死的感受。說起來很奇怪，可是真的有這種感受。親眼看著人死去，那並不是第一次，在這之前，早就不知多少人倒在我的身旁死去……但是，我還是在那一天才初次體會到那種死過的感覺。」

信雄手肘撐在飯桌上呆呆地凝視父親。

「真的！那個時候差一點就死掉，要是死了，現在就沒有一個傢伙在講以前如何如何的了。部隊裡只有兩人倖存下來。當我踏上日本土地時，不禁高呼我真幸福！儘管我對任何事都厭煩了，光是還活著這件事，就令我覺得無比的幸福。但是人心總是不知足，幾年後，當我一看到你媽媽的臉龐，便擰著自己的腮幫子自問，還有什麼樣的美女能夠當我的老婆?!」

此時的晉平和往日完全不同。樓下還頻頻傳來貞子招呼客人「歡迎光臨」的聲音。信雄探出身子，往父親的酒杯裡斟酒。

「每當在夕陽下烤著金鍔燒時啊，不由得便想起滿州的夏天。在那場戰爭中，我為什麼沒有死呢？……為什麼還活著呢？……有時候我常會突然這麼想。……當時還有一個沒死的同伴，一個叫村岡的傢伙。他老家在和歌山，有兩個小孩了。槍林彈雨中他連一點擦傷都沒有。卻在復員後三個月左右，墜崖而死。不過就從五尺高的地方掉下去，竟也掛得很乾脆。歷經無數次九死一生的遭遇，好不容易求得一線生機，終於回到魂縈夢牽的祖國，不料卻以事與願違的方式結束一生……」

在一起玩耍的同伴當中，有不少人的父親常當著信雄他們的面談論戰爭時如何英勇殺敵的事蹟。那就像看電影般又華麗又壯觀。但從晉平口中說出來的，全無機關槍掃射、戰鬥機轟炸令人震耳欲聾的聲響。

「大戰結束後大約兩年左右，我在天王寺的夜市裡，遇見一名曾經是神風特攻隊的青年，拿著一口日本刀到處亂砍。……你這個壞傢伙！日本戰敗了！戰敗了！你們這些壞傢伙還為戰敗而悔恨不已！什麼神風特攻隊，完全是騙人的，神風特攻隊出來呀，到大家的面前來呀——那小子一邊哭著一邊喊著一些聽不懂的話。傻瓜，對那些只憑著一張明信片就和妻兒硬生生分離、趕往部隊報到的傢伙們，這不是勝利或失敗，這只是生或死的問題啊！他一說到這兒，我突然想起村岡的事，當時淚水一發不可收拾……」

晉平招招手要信雄坐到他膝蓋上。

「小雄，一定要拚命活下去，就算是死，也要死得如自己所願……前一陣子死去的馬車叔叔，那傢伙也是在緬甸戰爭中少數倖存者之一。」

此時市營電車恰巧通過。震動的振幅傳至信雄的體內，信雄正蹺坐在父親的膝蓋上，隨著震動的振幅漸漸消散，心中又重新想起船屋虛幻無常的搖晃。

「新潟那邊哪……有人邀請爸爸一起至新潟做生意啊！爸爸呢，很想要全力以赴。」

雖然已有酒味，但信雄知道晉平並沒有醉。他從坐慣的膝蓋可以知道，要是父親喝醉了，膝蓋總是癱軟無力。

「到新潟……什麼時候去呢？」

「還沒有去的理由哪！你媽媽大概不願去。」

「……我想去新潟。我想在大雪紛飛的地方生活。」

信雄邊說著違心之論，邊用頭去頂晉平的胸膛。新潟一地也罷，堆積盈天的大雪也罷，正因為那是種未可知的存在，在信雄的心中激起異常寂寥的迴響。

覆蓋在馬車男子屍體的那條織花蓆子上色澤鮮豔的紫色菖蒲、突然失蹤的山下丸的老爺爺，還有父親交代晚上不要去船屋……這一切就像糾結不清的線頭盤繞在信雄原本思緒單純的心上。

第二天，喜一與銀子應信雄之邀來玩。

媽媽果真遵照與自己的約定，盛情款待姊弟倆，這使得信雄非常高興。以往每當信雄的新朋友到家裡來玩時，貞子常常追根究柢盤問對方的家庭、從事何種職業等等，但這次一反常態，什麼都沒問。

信雄暗自思忖，平日總將想再生一個女兒掛在嘴邊的媽媽，一定很喜歡沉默又有禮貌的銀子。從媽媽用梳子幫銀子梳理頭髮的神態上，似乎有什麼特殊的意義。

「平常都是銀子在煮飯、打掃啊！才小學四年級，真難得。我要把這事說給友子、阿薰她們聽。」

貞子一邊讚美銀子，一邊還舉出信雄的表姊妹們做比較。

「我啊，我會唱很多歌喲！」

喜一鄭重其事這麼說。

「哦，真了不起。唱一首給伯母聽吧！」

喜一挺直身子一動也不動，眼睛瞪著天花板開始唱起歌來。

遠離祖國數百里

紅紅夕陽

映照滿州

朋友站在原野盡頭的大石下

晉平本在收拾桌椅，聽到喜一的歌聲便將手邊的工作打住，停下來專心聆聽。信雄發現父親晉平最近頭髮似乎稀疏了些。在他的頭部上方，捕蠅紙被電風扇吹得飄搖不定。先前那種歡樂的情緒不知不覺消失了，取而代之的是一種類似在親戚家過夜、非常不安又想家的情懷。

「這首歌，你整條都會嗎？」

「嗯！全部都會唱。」

「太了不起了……這麼吧，從頭唱一遍給我聽。」

喜一竭力唱出這首又長又哀傷的歌。老氣橫秋、抑揚分明的唱腔更加深了這首歌本身所蘊含的寂寞。信雄回頭看著銀子，對方的視線正茫然追隨著電風扇緩緩左右移動，在暈黃的燈光烘托下，本無光澤的頭髮顯得分外漆黑，細瘦的小腿上還有被蟲咬腫的痕跡。

一天的戰鬥結束了

在黑暗中搜尋的心

暗暗祈禱　請活下去

請活在人世

「太棒了！真是唱得太棒了……」

在晉平的讚美聲中，喜一的小臉漲得通紅，又害羞又高興地低下頭。這個動作著實惹人憐愛，因此，之後晉平與貞子動不動就為一些瑣碎的小事大大誇獎喜一一番，而喜一也一貫漲紅著臉，難為情地扭動身子，報以無言的笑靨。

「我說爸爸啊，前一陣子買給阿薰的洋裝不是太小了，一直擺在衣櫥裡，不如就給銀子吧！」

貞子拉著銀子的手，很高興地上樓去。

「那條歌在哪兒學的？」

「附近一位傷兵叔叔教的。」

「之前在中之島公園時嗎？」

「嗯，是啊！但那裡河也算在公園內，他們說我們不可以住在那裡。」

晉平用濕毛巾幫喜一擦拭臉上骯髒之處。

「聽說你父親是個很能幹的船夫。」

喜一默不答話，似乎對父親全無印象。

這時，店裡來了三、四位客人，都是在碰碰船上工作、靠河營生的男子，這些經常光臨的熟面孔一走進來，店裡立即瀰漫濃厚的汗臭味。

「對不起，我正想打烊了。」

儘管晉平出言婉拒，但男人們卻邊笑邊合掌說：

「不要這麼殘忍嘛！」

「待會兒還有一件活兒要幹……還要溯河至櫻之宮一趟呢，隨便來點什麼吃得飽的就行了！」

信雄與喜一挪身至店的角落處，攤開漫畫書來看。客人中一名男子對信雄笑了笑。

「小雄啊，這一次可惹出大麻煩了。」

信雄被警察局傳訊一事，早已在這一群河上討生計的男人們之間傳開來。

「這條河上發生什麼事，的確該問小雄。他每天可是都坐在『窗邊』看著這條河的！」

「但是，那老爺爺到底去哪裡了呢？我看八成是被沖向海灣，在某處沉入泥底了。」

「聽說海灣下方堆積著厚厚一層的泥土，有五、六公尺厚呢……」

大夥好一陣子七嘴八舌談論著那位行蹤不明的老人，但突然有一人看到喜一便插嘴說：

「啊！這小子不是那遊船上的孩子嗎？」

男人們一同注視著喜一。喜一佯裝不知，視線仍盯在漫畫書上。

「你說的遊船就是那艘破船嗎？」

「是啊！名字倒取得好聽，是小西女士取的呢。那位女士啊，可真迷人哪！」

晉平從廚房後方揚聲打斷男人們的談話：

「在小孩子面前不要說這些話。」

「有什麼不能說的，這個孩子還常常代母親招攬客人哩！」

此言一出惹得大夥哄堂大笑起來。看到喜一氣得滿臉通紅，信雄以一種看著某種可怕東西的心思繼續望著他。

「以野妓來說，她的確挺不錯的。」

「哪裡不錯？長得不錯，還是那個地方不錯？」

「呸！不要問那麼清楚！」

男人們再度大聲笑起來。信雄深深憎恨起那些人。儘管他並不十分明白箇中含意，卻認為這是對喜一一家人無比的蔑視。儘管信雄連野妓的意思都不知道，但姊弟倆的母親當時從三夾板那頭傳過來微弱的聲音，與這些話隱含的意思是有某種關聯的。

喜一動也不動地看著他的漫畫書，但圓圓的瞳孔定定地停在一點。繃緊的神經使得肩頭都聳起來，這個發怒的姿勢任誰看了都明白。

「阿安，不要隨便亂說！」

由於晉平的口吻激烈地一反常態，男人們不久便轉換話題。

男人們離開後，信雄賴皮地纏著父親要他表演戲法，想揮去蘊藏在喜一瞳孔中的微光，那層薄霞般的膜。

「好，今天就來個特別的招待吧！」

晉平拿著一個雞蛋從廚房走出來。「消失的雞蛋」是晉平拿手的戲法。用右手手掌握著雞蛋，隨著一聲吆喝，左手同時在右手前一閃而過，明明握在右手手掌上的雞蛋忽然消失了。儘管這個戲法看過無數次了，但對信雄而言，仍是百看不厭、世上最神奇的戲法。

「咦？」

果不其然，喜一睜大眼睛瞠視，使得信雄樂不可支。

晉平又重複一遍相同的動作，這一次，憑空消失的雞蛋又好端端出現在右手手掌上。

「啊……」

喜一茫然自語，整個心都被晉平手的動作給迷住了。

貞子與銀子走下樓來，銀子穿著簇新的花衣裳，頭上甚至還簪著紅色的髮飾。

「爸爸又在表演拿手的好戲啦。也就只會這麼一招，爸爸的本事不過爾爾。」

貞子調侃晉平。

「傻瓜！在變戲法中這種是最難的，這個會了，就能做一流的魔術師。你從背後看出其中的奧妙，那是不行的喲！」

從背後看就能看穿戲法的玄虛！信雄暗自思忖，但他又覺得還是不知道比較有趣。

「瞧！你伯母把你打扮成一個漂亮的洋娃娃了。」

晉平笑呵呵地摸摸銀子的髮飾。

「那是因為她皮膚白，人又長得美，這一點可跟阿喜大不相同哪。」

大家聽了都笑起來，唯獨銀子仍保持一貫的表情。她將身上的衣物匆匆褪下，折疊得整整齊齊遞還給貞子。捕蠅紙的影子搖落在銀子僅著一件內衣、瘦弱的身體上。

「怎麼啦？伯母要將這衣服送給銀子啊！」

銀子默不答腔，將視線自衣服上移開，身子僵硬地佇在當地。貞子見狀也不再勉强。

「那麼，就收下這枚髮飾吧，可以嗎？」

但是銀子連髮飾也無意接受。

涼爽的河風從後窗徐徐吹來，風中還帶著淡淡的蚊香味，這種味道更催動了夜深人靜時河畔漸次沉落的靜謐。

「……我們回去了，已經很晚了。」

喜一邊說邊偷覷著晉平與貞子的臉龐。

信雄一家人送姊弟倆至端建藏橋邊。

「銀子這孩子，真是什麼話也不多說……」

貞子猛然嘆了口氣，喃喃自語。這時，安治川一端射進一道扇形的光束。大概是方才那些男人吧。只見數艘碰碰船劃破河畔的寧靜溯河而上。信雄、晉平、貞子三人不約而同注視著船屋那盞燈光，宛如悄然棲息在黑暗處般，散發出模糊的輪廓。碰碰船上的探照燈投射在川面上的光線瞬間將船屋照得通明，但又倏然遠去。

這一天似乎又要下雨了。

信雄用一隻腿跳著走，跳過端建藏橋，腳下很自然地邁步走向船屋。

每當信雄一發現釣魚者丟棄的賽璐珞製小浮標，便將其收集在口袋裡，這是信雄特殊的癖好。凡是掉落在路旁會發光的東西、或是突然引起興致的物品，信雄一律塞在口袋裡，之後隨即忘記自己曾經撿起什麼東西。玻璃珠、金屬片中偶爾還夾雜著螻蛄的死骸，甚且還飛出仍會動的蜥蜴尾巴，常嚇得貞子暈過去。

信雄雙腳一起跳上渡板，從窄小的窗口往內看，姊弟倆並不在船內。

「小喜……」

信雄小聲叫著。三夾板那一端立即響起喜一母親的聲音。

「他們去提水了。」

「……哦。」

信雄頓時不知所措楞在窗口邊。

「小雄，繞過來這一邊。」

喜一母親呼喚他。信雄平常總是隔著三夾板和她說話，從不曾看過本人。正當信雄躊躇再三，母親又呼喚他。

「怎麼啦？客氣什麼呢？」

信雄走下渡板，選擇岸邊泥土乾涸處落腳繞至船尾，看到一個只夠信雄勉勉強强鑽進去的小彈簧門。他把門推開。

彈簧門一開就算是房間。

「把鞋子擺在門外吧。」

信雄看見喜一母親正坐在入口處，烏亮的頭髮梳得整整齊齊，挽了個垂髻在腦後，年紀比貞子年輕得多，倚在疊好的棉被堆上凝望著信雄。

「這還是第一次看到小雄的臉龐呢！」

喜一母親開口道。信雄點點頭，恍恍惚惚環視房間內部的擺設。房間除了棉被與廉價的梳妝台外別無他物，瀰漫著一股信雄從未聞過的香味，甜膩又潮濕，總而言之，令人覺得很不舒服。

「坐過來吧！靠過來一點。」

信雄依言移至臨河的窗邊，但坐在她身旁令信雄頓覺手足無措。和喜一完全不同的細長、單眼皮眼睛注視著信雄，微笑著說：

「我那兩個孩子平日多蒙關照……。代我向你爸媽問好。」

「伯母也到我家來玩嘛。」

信雄話一說出口，心也激烈跳動起來。

「謝謝……」她喃喃自語著而後又曖昧地發笑。

「真是個聰明伶俐的孩子……在那裡開麵店已經很久了吧？」

「嗯。」

「伯母也曾想擁有一間和你家一樣的店哪……那樣不知不覺、像鐘擺一樣工作。」

「……」

「時間過得真快啊……。那個還抱在懷裡吃奶的孩子，現在也長得這麼大了。」

汗水順著喜一母親披散的鬢髮從太陽穴滴落下來，信雄深深為此光景著迷。蒼白、未上妝的臉龐看在信雄眼裡美極了。

纖細的頸子、白蠟般的胸脯微微沁出汗珠。而外面天氣相當涼爽，河風徐徐不斷吹來，鉛灰多雲的天空變化頻頻，映得河面也呈現茶褐色。

房間內總覺得瀰漫著一種不可思議的香味，一股細密的汗水與她體內悄然釋放出的倦意混合而成、嬌媚女性特有的氣息。信雄自己沒想太多，但這股氣息中潛藏的某種痛楚卻弄得他喘不過氣。剎那之間，信雄再也靜不下心來。同時，心中又升起一種渴望，希望就這樣一直坐在這位母親的身旁。

突然，小彈簧門被人大力推開。一名曬得黝黑的中年男子探進頭來，獨自露齒笑著。

「……可以嗎？」

她站起身來，以手背拭去脖子上的汗水，而後默默坐在梳妝台前。

「噢，有客人哪。」

男子進來後，看著信雄說話。他捏捏信雄的臉頰，再度笑起來。又想伸出手來摸摸信雄的頭，但信雄一下子就鑽過男子身旁跑到外面，連鞋子都沒穿，兩手拎著帆布鞋踩著爛泥巴，跑上小徑。

信雄坐在湊橋的欄杆上，等著姊弟倆回來，時而回頭看看背後搖晃不已的船屋那業已腐朽的外殼，就算再久他也會繼續等下去。

等到信雄一看見身旁放著一只裝滿水的水桶、在電車站歇息的喜一，立即一溜煙地跑過去。

「銀子呢？」

「去買米了。」

「到我家來玩吧！」

「要請我吃刨冰嗎？」

「……這個嘛，我拜託爸爸看看。」

兩人一起提著水桶回到船艙內，喜一偷覷三夾板那方一眼，感覺到除了母親之外還有他人，連忙揭開水甕的蓋子，故意發出很大的響聲把水倒進去。喜一那種不想讓信雄知道的樣子，信雄幼小的心靈也體會到了。

過昭和橋時，喜一發現一隻滿身泥巴而掙扎不已的雛鴿。常有野鴿子飛來拱門上做巢，這隻幼雛一定是從巢中掉下來，重重跌落在橋上的。牠氣息奄奄快要死了。兩人心想若能將牠送回母鳥身邊一定能恢復元氣，抬頭一看，母鳥正站在拱門的上方。

「不快點，牠會死掉。」

喜一說。可是拱門那麼高，兩人都沒勇氣爬上拱門。

就在這個時候，看見豐田家那兩兄弟騎著腳踏車從河下游那一方而來。信雄用身體擋蓋著雛鳥，但兩兄弟還是一眼就看見了，於是走近來討，他們說以前養的鴿子逃走了，在這兒做巢，既然這鴿子生了小鳥，這小鳥就是他們的。

喜一抱著小鳥想要逃走，但立即被抓住。兩兄弟一邊用拳頭打著喜一的頭，一邊還說：

「你媽媽是個野妓！像你們這樣的人在這一帶出現，真是教人倒大楣。」

喜一氣得瞇起眼睛。

「什麼東西，還長得一個樣！是你們才更教人倒大楣！」

兩兄弟一聽臉色漲得紅黑，二話不說對喜一飽以老拳。喜一被擊倒在地，仍緊緊抱著雛鳥不放。兄弟其中一人將喜一扯起。

「你們滾開這兒……骯髒下流的東西。」

厲聲臭罵後又是一腳踢在喜一的肚子上。比力量，喜一到底不是兩兄弟的對手。

喜一向後倒退了兩、三步，淌著鼻血的臉孔皺成一團，突然將手伸至兩兄弟面前，而後用力一捏手掌中的雛鳥，雛鳥微弱地哀叫一聲就死掉了。

「這傢伙……」

一時之間兩兄弟不知所措呆立在原地，喜一瞄準他們的光頭將雛鳥丟過去。雛鳥的屍體打中哥哥的頭，只聽他發出一聲慘叫，往下游一帶逃去，而弟弟則稍遲往相反方向跑走。

信雄撿起雛鳥的屍體，用手掌覆蓋著，憑著欄杆想把屍體拋至河裡。在這河畔住家皆為黑暗吞噬的時刻，看不到喜一母親房間的船屋被層層泡沫包繞著，被推向河川的角落處。這光景迫使信雄不由得想起她默然坐在梳妝台前那瘦弱的身軀，以及那不可思議的香味。

信雄哭了起來。他直看著喜一流滿鮮血的臉龐，哭個不停。

「不要哭了。小雄，不要哭了，這次是我自找的，不要再哭了。」

被打的被踢的都是喜一。信雄自己也不明白為什麼要哭。不是因為喜一被欺負、輕視而悲哀，也不是為了喜一弄死雛鳥而悲哀，而是種原因不明而且無處安身般的深深悲哀在體內流竄。

信雄將雛鳥的屍體放進口袋裡，獨自一人回家去，而喜一的視線如芒刺在背。

那一天晚上，信雄換上睡衣憑靠在窗邊，正打算開始看漫畫書時，突然聽見樓下貞子慘叫一聲。

「怎麼了？」

「沒什麼，什麼都沒……」

貞子跑上樓梯，猛然將雛鳥的屍體遞至信雄的鼻前。

「這孩子！把這種觸霉頭的東西放在口袋裡……媽媽差一點心臟就嚇停了！」

連晉平也皺眉看著那一塊開始散發出惡臭的黃色肉塊。

「這是什麼？」

「小鴿子。」

信雄小聲地回答。

「小鴿子……？」

貞子嫌惡地用指尖拎住雛鳥的屍體，從窗口扔到河裡。

「下一次再做這種事，就不饒你了！看你爸爸不臭罵你一頓！」

「像個乞丐般，不論什麼東西都放在口袋裡帶回來……」

貞子嘟嚷著又下樓到店裡去。

「你為什麼把雛鳥放到口袋裡去，牠會死的啊！你已經八歲了，應該知道啊！」

「我沒有把活著的雛鳥放到口袋裡，因為牠已經死了，才把牠放到口袋裡。」

晉平頻頻看著兒子的臉孔。

「……哦！放在口袋裡哪！」

信雄心中想的卻是阿喜不知怎麼了。不管喜一的眼睛是天真地瞠視，或者是瞇成一細縫，變換之間，信雄都會看出一團冷焰在瞬間燃起。信雄捏捏不自在的臉，便探訪船屋去。

喜一的眼睛、沉默寡言的銀子白皙的側臉，還有暖暖籠罩在信雄心頭、發自他們母親身上的香味，都還在那盞黃色的燈光下，而船屋就在黑漆漆的河岸邊被波浪啪噠啪噠拍擊著。

天神祭開始了。

信雄躺在船屋的船艙內觀看祭祀的船隻順著土佐堀川而下。

信雄幾乎每一天都到船屋報到，他並不是為了來和喜一、銀子玩，而是為了能待在那蒼白瘦弱、易流汗的母親身旁。除了沒去想那股以無形力量誘惑著自己的奇妙香味究竟是什麼之外，就連自己心境的轉變，信雄也未覺察到。但是姊弟倆的母親自從上一次之後，不曾再呼喚過信雄。

男人們穿著單衣敞開胸口坐在木船上，不時與同船遊河的風塵女郎調笑，只見數艘木船時而順流而下，時而溯江而上。

町內派出的花車順著船隻的移動沿河道一路伴以笛鼓吹吹打打的。

「喲——呀莎！」

船上、河畔的住家不時傳來吆喝聲與花車的笛鼓聲相互呼應。女人們的嬌聲，還有男人們喝醉後卑猥的叫喊，響遍了整個河面。在盛夏的天空下，船隻一艘接一艘地順流而下。

俯臥在船屋微暗的房間內，遠眺著外頭耀眼的光景，花車也好，船隻也好，令人覺得就好像是一個遙遠的夢那般燦爛。

「我真希望和小雄一樣住在一般的房子裡。」

喜一突然從船邊探出臉來，只有頭部以上處在光亮處，面貌看起來顯得分外奇異。

喜一一家人搬來還不到一個月，便接到公所勒令遷移。信雄並不知道喜一一家人在同個地方不能停留兩個月，他們已在這條河上流浪了好幾年了。

喜一從剛才開始就一直把玩玻璃球，似乎是想模仿晉平的把戲。玻璃球從喜一的手掌掉落，沉入河裡。

「小雄，你爸爸叫你回家啦！」

銀子在船屋入口處呼喚著信雄。

貞子非常地疼愛銀子。向來沉默寡言的銀子，這些日子相處下來，凡事都會告訴貞子。這一天只有銀子一人獨自到信雄家玩。平日就算不特意吩咐，銀子也會主動幫忙打掃、整理店面，連洗東西這等小事也搶著做。常常夜深人靜了，銀子還不想回家，這時，貞子就會送銀子至湊橋。

「你媽媽咳得好厲害，醫生都來了呢。」

貞子有氣喘的毛病。不過以前都是在季節變換時才會發作臥床。像這一次在盛夏發作還是第一次。

「什麼事情？」

母親的聲音從隔壁房間響起，信雄吃驚地豎起了耳朵聆聽。

「小雄的媽媽咳得很厲害，氣都喘不過來。」

「這可不得了，小雄，早一點回去吧！」

「……嗯！」

「從以前就這麼糟嗎？」

「我媽媽本來就有氣喘的老毛病。」

「那種毛病真是折磨人！」

信雄走出船屋，邁步欲走，突然又停下來大聲叫著。

「伯母。」

信雄並沒有什麼特別的話要說。

「什麼事？」

信雄只是下意識叫這麼一聲，完全沒有想到下一句話。他突然想起當初也是這樣叫住馬車叔叔的。

「再見。」

母親也小聲的回答。

「……再見。」

喜一送信雄至橋邊，頻頻說：

「一起去天神那邊啊！一起去天神那邊啊！」

神社境內來了很多攤販，晉平曾答應哪一天晚上要帶信雄他們到天滿宮去看熱鬧。

回到家後，只見貞子躺在棉被裡小聲地咳嗽著。病情似乎暫時控制住了。

「這一次發作得很厲害。」

經常往診的醫生第一次提起移往他處養病一事。

「這裡的空氣愈來愈差，對你的身體愈來愈不適合了。」

「可是光靠孩子的爸一個人無法照顧這個店……而且，孩子又這麼小。」

「這種病，空氣好不好關係很大。我的意見是暫時換個地方療養看看，你不妨和先生商量一下。」

每逢節慶祭日，也是店裡生意最忙的時候。身穿著法被[3]的年輕人，也不進店裡來坐，就站在門口直接喝起檸檬汽水來。

「對了，您吃個冰再走吧！」

醫生本來要走了，又被晉平喚住。醫生也再次對晉平囑咐一番。

「每年發作的次數愈來愈多，照這樣下去會愈來愈嚴重。雖然還有藥物可以把病情控制下來，但是，長期下來身子會愈來愈弱，搬去空氣新鮮的地方居住才是最好的治療。」

晉平儘管忙得不可開支，還是回頭瞥了醫生一眼。

「……我會好好考慮。」

那一天，店裡一過中午就打烊了。

晉平與貞子談了很久。從二樓的窗戶可以眺望祭神的船隻順流而下，行至安治川中游處打一個轉又調頭溯江而上。

「好不容易才有現在這樣的規模，怎麼可以搬家呢？」

「話雖如此，可是我想這或許是個好機會。」

對晉平而言，這次的確是決定搬去新潟的好機會。

「那邊的土地也很便宜。資金的話，兩個人合夥，應該要不了多少錢的。川口町那家『揚華樓』中華料理店的老闆早就跟我說過，如果我們要賣房子，告訴他一聲，他可以馬上買下來。」

「說了多少遍，我反對，與其為不曾從事過的行業打拚，就算想輕鬆一點，現在的情形也辦得到啊！再說誰知道對方是不是想騙我們的錢？」

到這個時候，信雄才知道父親打算開一家汽車鈑金修理車行。

「我是想搬到新潟的話，那兒的空氣也比較乾淨。倒不是為了想輕鬆一點。讓你自個兒到其他地方養病，事實上是行不通的，若是搬到新潟，一切的事情……」

「騙人的！一切都是為了你自己的方便，因為你想去新潟，就以我的病為理由編出這樣的藉口……」

貞子說到最後聲音都哽咽了，轉過身背對著晉平開始哭起來，哭泣的聲音混入乘河風而來的祭神樂音中。

「傻瓜！生病的人不要哭。」

樓下傳來敲門的聲音，信雄走下樓去開門，原來是銀子。

「我來幫伯母做點事……」

晉平從二樓大聲說：

「謝謝你來幫忙。不過店已經打烊了，上來吧！」

信雄頂著大太陽出門。不僅在土佐堀川，連側邊的堂島川上也布滿著祭神的船隻，每艘船的甲板上都殘留著酒宴過後的凌亂。時而微風吹過，推起粼粼波光。

有一艘裝飾得非常華麗的船隻即將穿越舟津橋，信雄跑到上頭用力揮舞著手。船客中一人把一個小西瓜丟給他。小西瓜在空中劃出一個漂亮的圓弧越過欄杆上方，落入信雄手中又掉下去，信雄連忙追趕沿著舟津橋斜坡滴溜溜打轉的小西瓜。

「小朋友，接到了沒有？」

河面上傳來一個聲音。信雄跑到橋的另一側，雙手捧著西瓜大聲回答。

「謝謝你！謝謝你！」

「破了沒？」

「只破了一點點。」

「只破了一點點，味道會相當棒喔，就像這個姊姊啊！」

男子抱住身旁一個梳著日本髮髻的女子，女子妖豔地笑起來，停不下來似的。塗抹白粉的臉龐只有嘴唇塗得紅通通的。

突然響起一個聲音。一艘插著老人會旗幟的船隻忽左忽右地蛇行著。

「船老大已經喝醉了！」

路上的行人不約而同注視著這艘船。

「會沉下去，會沉下去！」

老人之中有人這麼叫著。

「沉下去，沉下去，沉下去吧！」

信雄挾著小西瓜往家裡跑，老人的叫聲如影隨形般一直追隨至清靜得反常的店中。

蹲在廚房後方的銀子驚訝得揚起臉來。

「你在做什麼？」

銀子赧然一笑，招招手要信雄過去，米櫃的蓋子正開著。

「米很溫暖哪！」

銀子低語著，兩隻手埋在米中。

「冬天的時候，只有米是溫暖的。小雄也把手放進來吧。」

信雄按銀子的吩咐，將手插入米櫃中直掩沒至手肘處。但是一點都不覺得溫暖，反而覺得汗涔涔的雙手在米粒中愈來愈冷。

「好冷啊……」

信雄把兩隻手拔出來，只見手都變白了。

「我可是覺得很溫暖。」

銀子仍將雙手擱在米中一動也不動。

「將手放進裝滿米的米櫃中暖手，那是最幸福的時刻……我媽媽常常這麼說。」

「……嗯。」

信雄凝視著銀子跟母親截然不同、雙眼皮的大眼睛，覺得銀子比附近任何一個女孩都美，信雄靠近銀子的身邊，似乎聞到銀子的體內也散發出和母親近似的香味。

「……我的腳又弄髒了。」

遠方祭神的樂聲響徹雲霄。

晉平本想帶他們去玩，但貞子的身體狀況令他走不開。聽晉平這麼說，信雄與喜一只得自己前往附近淨正橋的天神神社。

「不要玩太晚啊！」

晉平在信雄與喜一的手裡塞了幾個硬幣。

「銀子不一起去嗎？」

信雄仰起頭朝二樓叫著。

「嗯，我不去。」

過了一會兒，銀子才應聲回答。

信雄、喜一兩人迎著夕陽在路上奔跑著。

雖說就在附近，但從信雄家到淨正橋用走的也要三十分鐘左右。兩人沿著堂島川河邊往上跑，渡過堂島大橋，往北邊走去，一路上只聽祭神的樂聲愈來愈清晰。

繞過大馬路轉入通往神社的路，路上整排的商店都打烊了，只見等不及太陽下山的孩子們，已經蹲在路旁開始點放起煙火。滿身酒臭的男人們穿著法被，肩上扛著穿著同式短外衣的幼兒，信步向神社走去。信雄與喜一在這些人的後面並行走著，傾聽著祭神的樂音愈來愈熱鬧，心中突然沒來由地發起慌來。

「我還是第一次帶錢去玩哪！」

喜一隔一會就停下腳步攤開手掌來看，數一數晉平給他的硬幣。信雄把自己的銅板原封不動全部拿出來放在喜一的手掌上。

「加上我的，大概什麼東西都買得起了。」

「這麼一來，或許就能買那個了。」

信雄、喜一都想買那個裝滿火藥、會飛的火箭炮。惠比須神社廟會都會賣那種玩意，今晚一定也有賣才對。

雖不及天滿宮那般盛大，但是這裡的廟會從商店街的盡頭至神社境內依然擺滿了無數的攤子。路上的行人漸漸增多，夜色漸濃的街道上充斥著燒烤乾魷魚的香味以及從攤販蓆子上發出白光的燒炭臭味，喜一與信雄也漸漸陶醉在這種廟會的氣氛當中。

喜一將硬幣揣入口袋裡，握著信雄的手。

「可不要走散了。」

兩人穿過人群，一家一家攤販看過去。

來到麥芽糖舖時，喜一提議：

「買一份吧！一人吃一半。」

信雄卻說「不是想買火箭炮嗎」，喜一只得不情不願地離開。但是接著來到烤烏賊舖前，同樣的情形又發生了，喜一百般央求要買。每到賣飲料、食物的攤販前，喜一一定拉扯著信雄的手，不厭其煩地央求著。

「阿喜，你不是說要買火箭炮嗎？」

揮開喜一的手，信雄的口氣中明顯有了怒氣。

「我是想買火箭炮，可是我也想吃看看這些食物啊！」

喜一噘著嘴，用力搔著腳上被蟲咬過的痕跡。

天色不知何時暗下來了，商店街上懸吊的燈籠與電燈泡也都亮起來了，急遽湧來的人群在燈光下相互推擠簇擁著往前進。

信雄用眼尾瞥一眼正在鬧彆扭、一步也不想走的喜一，逕自往神社方向走去。一開始走就被人潮推擠著向前行，再也停不下來，喜一的臉孔愈離愈遠，終至看不見了。

信雄慌張地往回走。各種形形色色的浴衣、團扇以及汗水、化妝品的香味匯聚而成的人潮又將信雄推回原地，當信雄心想好不容易回到原來的地方時，卻發現喜一不見了。

信雄不停地跳起來環視四周。發現喜一的臉孔夾雜在人潮中，在神社的入口處忽隱忽現，不知何時兩人竟然還擦身而過。

「阿喜，阿喜——」

信雄的叫聲被孩子們的呼喚聲以及祭神的樂聲淹沒了。喜一不停地往前小跑著，模樣相當狼狽，似乎正在搜尋信雄的蹤影。

信雄撥開大人們的膝蓋，拚命往前跑。偶爾踏到別人的腳，必然招來一聲怒罵。終於在神社前賣風鈴的攤販前追上喜一。紅的、綠的詩箋一起翻飛，同時周圍滿是可衝擊心底般的清脆風鈴聲。

信雄抓住喜一的肩膀，發現喜一正在哭，邊哭邊在喊什麼。

「咦，怎麼了？發生什麼事？」

由於聽不清楚，信雄只得將耳朵貼近喜一的嘴邊。

「錢，不見了！錢掉了！」

從賣風鈴的攤子飄落著無數詩箋的影子，投映在喜一扭曲的臉孔。

信雄與喜一重回商店街那一頭，俯看著地面左右曲折地前進。一直回溯到風鈴攤子前，掉落的硬幣連一枚也沒找著。喜一褲子兩邊的口袋都有破洞。

不管信雄說什麼，喜一都堅不作聲。兩人隨著人潮進入神社內。

數名男子站在花車上吹打鼓笛。業已喝得酩酊大醉的男子們偏執地反覆演奏相同的旋律，滲出的汗水濕答答地黏在裸露的軀體上。吊在花車四周一串串的電燈泡伴著樂聲咯噠咯噠作響。

信雄在石階上坐下來，凝望佇立在眼前一名穿著浴衣的少女。少女手持一個走馬燈，似乎正在等人，走馬燈上一艘黑色的船屋正不停地旋轉。

突然響起一聲悶悶的爆炸聲，四周同時瀰漫著硝煙的味道。一個塑膠製成的小火箭炮落在信雄與喜一的面前。而在神社境內後方有個攤子擠滿了特別多的孩子，蓆子上擺著許多火箭炮。喜一迅速撿起腳邊的火箭炮，拉著信雄的手朝那攤子跑去。

一名頭纏布巾的男子坐在蓆子上，從喜一的手中接過火箭炮，沙啞地說：

「Thank you，Thank you，辛苦你了！」

信雄與喜一相視一笑。

「那個要多少錢？」

「只要八十兩，怎麼樣？很便宜吧！」

兩人聽了，面面相覷。原本可以買兩個，再買烤烏賊來吃的。

「那你再玩一遍給我們看，我們就買。」

危險啊！會飛到月亮去的火箭炮啊——男子一邊叫著，一邊在短短的信管上點上火。信雄與喜一忙不迭後退了兩三步，提心吊膽地注視著信管。

隨著一聲巨響，火箭炮斜飛出去，打中銀杏樹後落入油錢箱中。男子慌張追在火箭炮後面，那模樣引起旁觀的遊客鬨然大笑，信雄不自覺也笑起來，同時也回頭看看喜一，卻見喜一的眼睛不知因何緣故瞇得小小的，視線注視著另一個方向。

「嘖！落在那種地方再也拿不回來了！」

男子走回來，盤腿坐在蓆子上，憤怒之下便高聲怒罵，遷怒他人。

「沒出息、不長進的傢伙，一個也不買，光問價錢，尋老子開心，馬上給我滾到別的地方去！」

「小雄，回去吧。」

喜一敲敲信雄的肩膀，迅速穿過花車旁跑走了。

「快來啊！快來啊！」

喜一邊笑邊叫著信雄。人愈來愈多了，在神社入口處猶如波浪般形成漩渦。

兩人避開人潮走入小巷，跑至巷底時，喜一便將衣服撩起來，露出一個火箭炮，夾帶在褲腰之間。

「那是怎麼一回事？」

「那個叔叔去撿火箭炮時，我偷的，這個是要給小雄的。」

信雄驚訝地從喜一的身邊挪開身體。

「你偷的？」

喜一甚為得意地點點頭，信雄不由得大叫起來。

「這種東西我不要，做這種事就是小偷！」

喜一聽了，難以理解，再三探視信雄的臉。

「你不要啊？」

「不要！」

從那個亂罵人的小販那裡偷拿玩具，對信雄而言本是件大快人心之事，但此時他卻言不由衷地責備喜一。他從喜一手中搶過火箭炮，扔在腳底下，之後便以小跑步跑入人群中。喜一撿起火箭炮追上來，再次詢問：

「你真的不要嗎？」

信雄衝口喊出一串話，激烈得連自己都嚇一跳。

「小偷、小偷、小偷！」

信雄用力撥開人潮奮力推擠過去，一心一意往前走，只聽見喜一悲痛的聲音從背後響起。

「對不起！對不起！我不再偷東西了。從今以後我絕對不偷東西了。不要那樣說嘛，不要那樣叫我！」

儘管再三揮手想置之不理，但喜一仍哭著黏著信雄不放，兩人就這樣拉拉扯扯一步步遠離祭典的喧囂聲。

夜已經很深了。

堂島川邊行人逐漸稀少，唯有河風不時吹拂柳枝。兩人步履蹣跚地走回河畔。每當祭神的樂聲隨著風勢增强而突然變大時，兩人就不約而同停下腳步，默默無言相互窺視著對方的表情。

好不容易走回湊橋，東邊的夜空竄起數道煙火。煙火爆炸後，開出數個炫麗的大圓圈，正以為就此結束了，不料又是數道紅的、藍的垂柳花炮咻咻發響，衝上夜空迸出火花。

信雄、喜一騎在湊橋的欄杆上，仰望著夜空中美麗的煙火。河風習習。開始退潮了，原本高漲的河面不著痕跡地迅速低退。信雄看看煙火又看看船屋，視線就在這兩個定點交互輪替。

「有個螃蟹的巢穴哦！是我的寶藏，只給小雄一個人看。」

喜一捏著嗓子悄聲低語。

「螃蟹的巢穴？」

「嗯！我做的。」

晚上不可以到船屋去——晉平的話驀然浮上心頭，可是敵不過想看螃蟹巢穴的誘惑。

信雄與喜一溜下小路，小心翼翼地走過踏板，以免發生嘎吱嘎吱的聲響，進入船屋中。

微微泛白的光線從對岸照射過來，幾乎籠罩著整個河面，船艙中時而照進一小塊暫留一會兒的光暈。

等眼睛習慣了船艙中的黑暗，才發現銀子睡在房間的角落處。不知為什麼在一片漆黑當中唯有頭髮隱隱約約發出亮光。

信雄與喜一口都渴了，於是揭開水甕的蓋子，用水杓舀水來喝。船艙中響起喝水的聲音，還有煙火爆炸時細微的聲音。

喝完水後，喜一打開靠岸這邊的小窗，鑽出身子至船舷，拔起一根插在淺灘中的竹竿，仔細一看，原來是一根老舊的竹掃帚，尖端都磨圓了。

「你看！」

喜一搖晃著竹掃帚，水滴撲簌滴落下來，同時也掉下數隻河蟹。

「裡面還有更多呢！」

這些濕漉漉又硬梆梆的東西爬過信雄的手背進入船艙中。

「這些全部都是螃蟹？」

「是啊！全部都送給小雄。」

螃蟹爬過信雄的腳背，在榻榻米上四處橫走。黑暗中看不見螃蟹的樣子，只聽見在榻榻米上爬行的聲音。

信雄從船舷處再度凝望煙火，胸前、背上不斷冒出汗來。喜一的眼睛在對岸燈火照耀下反射出白光，直勾勾地盯視著信雄的側臉。

無數的螃蟹爬出擱置在船舷處的竹掃帚，一會兒工夫便全在房間中四處橫行。船上到處都可聽見螃蟹爬行的聲音，連三夾板那一方都可以聽得到。突然響起一陣聲音，彷如煙火升上夜空，又好像有人在啜泣。

信雄把身體縮回船艙中，豎起耳朵仔細聆聽這個怪異的聲音。直至碰碰船溯河而上的聲音才使信雄回過神來。

「……我回去了。」

信雄開口這麼說，但喜一按住信雄的肩膀站起來。

「不要回去，我玩個有趣的把戲給你看。」

「……什麼有趣的把戲？」

喜一把燈油注入大茶碗中，然後把螃蟹泡進去。

「這些傢伙會喝很多油。」

「要幹什麼呢？」

「你看，痛苦得吹起泡泡來了。」

喜一壓低著嗓門說畢，將螃蟹排放在船舷，點上火。船舷上一剎那散布了好幾個發出藍火的火塊。

有的螃蟹一動也不動直待火焰燒盡，有的則舉著火柱四處亂竄。藍色的小火焰不斷發出惡臭，同時螃蟹的身軀也不斷發出某種奇怪的聲音。火焰燃盡後，螃蟹的殘軀內還蹦出細細的火花，很像是線香煙火掉落在地面上的火星。

「很漂亮吧？」

「……嗯。」

信雄的膝蓋開始打顫，恐懼從體內竄升起來。

信雄幼小的心靈也感受到喜一的舉止異常。眼前的螃蟹還燃燒著。喜一搖動竹掃帚，又取出數隻螃蟹浸在油中，而後像著了魔似的一一點上火。

「阿喜，不要再燒了，不要再燒了！」

點點火焰四處散布。大部分掉進河裡去，但也有數隻落入房間裡。

「危險！阿喜，會引起火災的。」

燃燒中的螃蟹在狹窄的房間裡到處亂爬，所過之處必落下小火星，但喜一卻垂著雙手，茫然望著房間裡的火焰。

正當信雄在榻榻米上爬行想把火熄滅，本應睡著的銀子緩緩起身了。只見她不慌不忙地抓住還在燃燒中的螃蟹，一隻隻拋進河裡。

唯獨一隻漏網的螃蟹頂著火焰一直線穿過船舷而去。信雄伸出手想把牠揮落河裡，但火焰快速地朝船尾爬去。

信雄四肢爬著朝船尾追去。就在即將追上的剎那，螃蟹自己掉至河裡。

他保持原先的姿勢，不經意地朝喜一母親房間的小窗望去。

母親的臉龐出現在黑暗深處。被藍色斑紋狀的焰光覆蓋的男子背部，像波浪般在母親上面起伏不停。對岸幽微的燈火光影投入房間交織成條紋圖案。信雄定睛看著母親的臉龐，而那雙絲線般細長的眼睛眨也不眨地也回看信雄。藍斑的焰光隨著一聲聲細微的呻吟起伏得更加激烈。

信雄全身突然豎起雞皮疙瘩。他迅速從船舷退回，退到姊弟倆房間的那一刻，陡然放聲大哭。他一邊搜尋著銀子與喜一的身影，一邊哭得幾乎響遍了整個河畔。

信雄發覺姊弟倆始終站在房間的角落處，黝黑的身影動也不動地俯看自己，而他一面哭一面摸索著穿上鞋子，搖搖晃晃地走過踏板，爬上小路。煙火還持續綻放著。

天神祭過後十天，晉平下定決心搬去新潟了。有個買主突然願意出比市價高兩成的價格。

儘管貞子從頭到尾一直反對，但氣喘頻頻發作，再加上晉平十分堅持，到頭來不得不讓步。買主的條件是八月中旬前得將土地與房屋交割清楚。

「再怎麼說，商人就是商人，考慮得真多。不過這樣也好，信雄轉學後正好是新學期開學。」

儘管為了搬家忙得不可開交，晉平臉上仍充滿著爽朗的笑容，口中還不斷訴說新的工作計畫、新瀉的街景、積雪的情景。這期間貞子不知是否氣消了，也開始附和起晉平的話：

「跟這兒不一樣喔，空氣很乾淨，對我的氣喘是最好不過了。」

「是啊。像這種滿是塵埃的地方是不適合人居住的，搬到新瀉之後，爸爸一定會拚命工作！」

自從天神祭那晚以來，信雄不曾再和喜一見面。姊弟倆絕足不再來店裡玩，信雄也不再到船屋去拜訪。信雄要不就獨自一人在惠比須神社內閒逛，要不就坐在二樓的樓梯茫然眺望著河畔，日復一日。內心裡還期待著喜一走過橋到自己家來。

得知要搬去新潟的那一天，信雄走近船屋附近。然而，喜一母親那雙細長的眼睛以及那起伏不定的藍色焰光，再度在信雄的腦海中甦醒，使他無法走下小路。信雄向船屋屋頂丟了好幾個小石子，他打算要是喜一探出臉來，就裝作不知情的模樣靠在欄杆上。這麼做的話，說不定喜一會原諒自己那一夜那麼大聲地哭泣。

但是，船屋中毫無任何動靜。信雄只得慢騰騰地走過橋回家去。和熟人道別、遠離生長之地的感慨，對年僅八歲的信雄而言，還是種模糊而抽象的意念。

終於到了明天就要結束營業的日子。

每當熟客前來光顧，晉平與貞子便並排站在對方面前，殷勤向對方道別。那些在碰碰船上營生的男人們，對於這種道別的應對相當不得體，絕多是回應以嘲弄的口吻：

「不行啦，不行啦，怎麼可以去新潟呢？」

「我們這班人以後要到哪裡吃飯呢？」

「想到以後不用再吃你煮得那麼難吃的麵，真是鬆了一口氣！」

默默吃完了麵後，很難為情似地離去。

也有人走到無精打采的信雄身旁，摸摸他的頭，安慰他：

「小傢伙，祝你身體健康！」

中午忙碌的時刻一過，店裡再也沒半個客人。

「回想起來，戰爭結束後就在這河邊臨時搭建的木板屋開店做生意呢。」

晉平點起一根截成兩半的香菸感慨不已。

「如今要和這條河道別了。」

貞子正邊擦桌子邊茫然眺望著土佐堀川，突然停下工作，走到窗邊，直直凝視著對岸。

「阿喜他們的船似乎要走了。」

「什麼？」

晉平從廚房後出來，站到窗邊。信雄也擠進雙親中間，往河面看去。

盛夏的太陽映著河面波光粼粼，只見一艘碰碰船拖著船屋緩緩離開岸邊。

「他們要去哪裡呢？」

貞子語帶哽咽。晉平只是默默叼著菸，專注看著船屋。

曾在某一天突然出現在信雄眼前的船屋，如今又將不告而別，自這個河畔消失蹤影。

「小雄，不去一下？不去跟他們道別嗎？」

貞子的眼眶都紅了，她推了推信雄的背。

「你打算吵架後就這麼告別嗎？你們不會再見面了啊！」

「……我們沒有吵架。」

「快去吧！不快一點就來不及了。」

信雄跑出店面，跑著跑著，內心突然湧起一股苦悶、憋得發慌的愁緒。

此時，船屋已穿過湊橋正往上游而去。信雄跑至湊橋正中央，向腳下的船屋大聲呼喊：

「阿喜——」

船屋上的窗戶關得緊緊的。

「阿喜，阿喜──」

信雄順著河道緊追船屋不放，邊跑邊叫著喜一的名字。

在船屋的屋頂上有塊西瓜皮，將耀眼的陽光反射回來。陳舊的碰碰船在前方吃力的行進，破浪的聲音響遍整個河畔。船屋尾舷部分不停地左右晃動著，在土佐堀川正中央急急前進。

「阿喜，阿喜──」

信雄隨著船屋跑了好長好長一段路，一直跑到有橋的地方，才先停下來。等船屋穿過橋下方時，朝著腳底下的船屋大喊。

「阿喜，阿喜，阿喜──」

不論他怎麼大聲喊，船屋裡的母子都沒有應聲。

就這樣不知越過幾座橋，信雄發現在船屋後方捲起的波濤中，有個圓渾發光的物體，乍見之時，信雄還意會不過來是什麼，只見那發光的物體緩緩地打轉。

「……鯉魚精！」

不知何時，這隻巨大的鯉魚宛如追隨在船屋之後徐徐溯河而上。

「鯉魚精哪！阿喜，鯉魚精出現了——」

信雄拚命大喊著。帆布鞋數次陷入軟化的瀝青中，害得信雄差一點摔倒。

「鯉魚精哪！鯉魚精就在船的後面！」

對信雄來說，在這一刻，自己一家人要搬去新潟的事、要和喜一道別的事，都不重要了。心中就只想著，無論如何也要讓喜一知道船後有鯉魚精。

「阿喜，阿喜，鯉魚精出來了，真的出來了。」

信雄半哭泣著，氣喘吁吁，汗水直滴入眼裡，猶在炙熱的大太陽底下鍥而不捨地奔跑著。鯉魚精出現了，他一定要讓喜一知道。僅僅為了這一點，信雄順著河邊追逐著船屋往上跑。但是，船屋的窗戶依然緊閉，如同無人的小舟一般寂靜，在耀眼的河中央幽幽前進。

當信雄猛然醒悟過來，不知何時，河畔盡是鋼筋水泥大樓。此處對信雄而言是從不曾涉足過、陌生的他鄉。

「阿喜，鯉魚精真的在後面出現了！」

信雄提高聲量大叫最後一聲，就此停下腳步。

將手擱在滾燙的欄杆上，看著船屋迤邐溯江而上，緊隨在船屋之後的鯉魚精也優遊翻泳在泥河之中。

1——小型蒸汽船。

2——一種以麵粉包裹紅豆餡、狀似刀柄護手的點心。

3——領上或背上印有字號的短外衣。

雪

銀藏爺爺拉著貨車過雪見橋，朝八人町的方向漸行漸遠。

清晨雪停，街上理應全已亮起皚白一片，唯獨富山街道被銀黑色的光芒掩蓋，顯得灰撲撲的。

龍夫弓著背不斷朝雙手哈氣，哆嗦地走回鼬川河畔，在自家門口停下來，凝望著夜色漸濃的河面。電線上的積雪紛紛墜落，不時有野狗屈著身軀驚竄開來。

時值昭和三十七年（一九六二年）三月底。

西邊的天空殘紅，已遍及不了每條街道。日暮的光線再也無力穿透暗澹的大氣，反而收斂起所有的光華，死氣沉沉地籠罩下來。偶爾出現狂亂交錯的閃光，也僅止於在屋脊上的積雪、市營電車的鐵軌發亮罷了。

歲暮時節，「冬」似乎代表了一切。土是殘雪，水是殘雪，草是殘雪，就連陽光也有殘雪的餘韻。到了春天，到了夏天，冬天的孢子紛紛潛藏起來，終年將這分裏日本[1]特有的香氣沉澱得更醇郁。

「叫你買個香菸，你跑到哪去了？你爸爸還在等呢！」

母親千代從廚房的窗口探出臉來責備。

「……嗯。」

龍夫在玄關前脫下防水靴，而後塞進柿枝堆裡。才剛買不久的東西，裡頭已經弄濕了，只要走在雪路上，腳趾頭就會凍得發疼。

父親重龍靠著牆坐在被爐裡，龍夫將香菸與找回的零錢一併遞給父親。

「買個香菸要花一個小時嗎？」

「……我到武夫家去買，他家最近開始賣起香菸了。」

收音機正在廣播金馬（藝人名）的單口相聲，但收訊不良，雜音很多。龍夫將腳伸進被爐裡，用舌頭去舐收音機的天線。舌頭觸及天線，雜音便消失了，金馬高亢的嗓音也清楚許多。

毛玻璃上映出千代正在準備晚飯的身影。

「老了哪……」

重龍嘆了一口氣這麼說。這是父親口中第一次吐露出像是辯解般的話來，但龍夫依然二話不說，忙著舐舔收音機的天線。

「不要舔了！」

「……嗯。」

龍夫將天線的頭擱在被爐上，便躺下來。他一躺下來就聞到父親身上的味道。龍夫討厭父親身上的味道。那種味道總令人回想起觀看馬戲團的情景。

那一天在富山城公園看完馬戲團表演，龍夫是父親抱著回家的。母親則在不遠的背後尾隨而行。那時候還沒有上小學，龍夫只記得迷迷糊糊地把鼻子靠在父親的脖子上。不要睡，會感冒的……每當被父親的聲音喚醒時，眼中只看見遠方紅黃交織的帳篷，以及空中飛來盪去的鞦韆。龍夫還記得從那時候開始就暗自決定今後再也不看什麼馬戲團了。

對龍夫而言，馬戲團和父親、父親的體味都是一樣的。只要一聞到父親身上的味道便想起好多年前看馬戲團的情景，空中飛人服裝上淋漓的汗水、馬蹄上豔紅的油漆、小丑臉頰上兩團紅紅的圓圈、走鋼索少女沒有笑意的眼睛……。

看完馬戲團表演後，一家人在西町的餐館用餐，重龍與千代不知為了什麼事吵了起來，才講沒幾句，重龍就出手打千代，剎那之間四周的人都靜下來，鴉雀無聲看著他們一家人。千代俯下臉龐露出苦澀的笑容，一旁的龍夫默默地看著父親與母親。重龍打了千代便站起身來。父親身上的味道總令龍夫憶起馬戲團帳篷裡的情景，還有當時餐館中眾人投射過來的目光。

「把收音機關掉。」

「……嗯。」

龍夫爬起來把收音機關掉。

「你十五歲了吧？」

「還沒，才十四歲。」

「怎麼能不老啊！……我五十二歲時才有你這個孩子，在那時本來已經完全絕望了，千代告訴我她懷孕了，我還嚇了一跳，聽得全身都打顫……」

待在完全密閉又溫暖的房間裡，龍夫依然可以感受到雪花飄落下來的速度。四周愈寂靜愈能清楚聽見那種迫切又密集飄落的聲音。大約從半年前突然快速長高開始，這種特異的聽覺也在龍夫體中萌生、茁壯。

「……下雪了，下得很大的雪——」

經龍夫這麼一說，重龍也豎起耳朵傾聽了一會兒，隨後微微一笑說：

「龍夫，小雞雞的毛長出來了吧？讓爸爸看一看。」

「不要，根本都還沒長出來……」

龍夫僵直著身軀回答。父親向來若說要「看一看」，便會强行把龍夫的衣服扯開看個究竟，但今天的重龍只是笑笑，沒有動手。

「牛島家那個良雄早就長得像野草亂蓬蓬的，可是我卻長不出來。」

「早不是可喜的。早開的花早謝。我也是很晚啊，你果然跟我一樣也比較晚。」

「我，我今年又再長高五公分了。」

「哦！長那麼高了！變聲後的確會像雨後春筍般往上長。不過不管長多高，今年也不可能變成二十歲。」

重龍一邊說一邊撫摸著龍夫的臉頰。重龍的肩膀、胸膛都十分厚實，但這反而讓龍夫的心更加沉重起來。

一年前，重龍的事業整個垮掉。若是以前，他一定會重新站起來為新的事業整天忙得不可開交。

在日本戰後復興時期，重龍以大量販賣駐軍出售的舊輪胎而賺了很多錢，甚至還進一步經手相關的汽車零件，成為北陸屈指可數的商人之一。而他也乘機一一涉足新的事業。背地被人們稱為「金剛龍」的重龍，正是一個豪氣萬千的野心家，但卻非心思縝密的創業家。

昭和二十八年（一九五三年）左右，重龍手邊的事業全都陷入僵局，但他並不就此打住，反而一一轉行改做其他新的事業，直到最後關頭才豁出去，決定結束營業。然而在這段期間，每回挹注的資金已在不知不覺中滾成一筆龐大的債務。當他開始覺得焦慮不安時，已是個年過六旬的老人了。

「我以前有個結縭多年的妻子，叫春枝，她沒有為我生下一男半女。」

重龍述說起往事，龍夫還是第一次知悉這件事。

「雖然我已經娶了妻子，卻又和千代有了你這個孩子。我早就想要個孩子想得快發狂。如果當時我才三十歲的話，或許會採取其他方法，但畢竟已是五十二歲的人了做法不同……雖然我像丟破草鞋般地拋棄了毫無過錯的髮妻，那也是因為我要當這個上天賜給我的孩子的好父親。」

和春枝離異後，重龍就和千代搬到豐川町成立家庭，不曉得過了幾天後，有天早上發生一件事。重龍緩緩追溯起往事，舌頭似乎有點打結。

「我聽見枕邊傳來一陣奇怪的聲音，睜開眼睛一看，天還沒亮，可是千代人不見了。我立即明白那是千代的呻吟聲，從外頭川邊傳進來的。我赤著腳在雪地上狂奔，而後注意一看，千代正在川邊痛苦地嘔吐。害喜害得很嚴重，使得她的身體似乎變得又瘦又小，還散發出令人不快的藍光。我凝視著千代蹲在川邊往河裡吐，看了很久很久，忽而變黑忽而變藍，確確實實看見川面和千代的身軀散發出光來。」

龍夫拿起碟子中剩下來的鹹昆布含在嘴裡，雪花飄落的聲音始終縈繞在耳邊。

「那個時候，我才知道我根本不曾明白自己真正的心意。」

重龍伸出手再度撫摸著龍夫的臉頰。

「既然是男人，也該懂事了，不要太常玩弄小雞雞！」

龍夫紅著臉低下頭去。突然湧起一股衝動想把一切事情都告訴父親。他還記得那一天校園裡空蕩蕩的，一個人都沒有，他在爬樹的時候，身體突然湧起異樣的感覺，當時也不知摟住什麼東西就開始磨蹭起身體。心想若是當時的情景被他人撞見的話，只能一死了之了。可是想歸想，仍抗拒不了那股突然升起的燥熱，而且，那一瞬間眼前還浮起英子的裸體……。

「要玩就到澡堂去玩，反正弄髒了也無所謂。」

重龍搖搖晃晃站起來，一邊嘟囔著要去小便，一邊走出房間。

「等等上一下時鐘的發條。」

千代的聲音從廚房那一頭傳來，龍夫依言打開時鐘的蓋子時，重龍又走進來，關上紙門後突然伸出右手。

「龍夫，拉住我的手。」

重龍的嘴唇異常地向上捲起。

「小腿肚抽筋嗎？」

就在龍夫抓住重龍手腕的一瞬間，重龍的假牙從口中掉下來滾在地上，瞪著眼睛，舌頭也吐出來，碰一聲倒在榻榻米上，頭頂著牆壁，身軀開始激烈抽搐著。

救護車內很冷。龍夫隨侍躺在擔架上的父親身旁，冷得牙齒上下打顫。到了醫院後，重龍雖然意識恢復了，但右手依然無法動彈。醫生詢問他：

「昏倒時的事情記得嗎？」

「……不、完全不記得了。」

「那麼，記得什麼事？」

「內人正在煮晚飯……之後的事就不記得了。」

龍夫從病房的窗口望著外頭紛飛的雪景。初見般的蒼白雪花不斷地飄落在醫院的中庭裡。

診察結束後，醫生便離開了，重龍立即對妻兒說：

「……不要再指望我了。」

千代默默地把丈夫的衣領理好，略低著頭的臉龐上浮著一貫獨特的微笑。

醫生將兩人叫至走廊下，告知重龍的病症。這次雖是突發性的腦溢血，但由於重龍本身已有十多年極嚴重的糖尿病，這種病人一旦發生中風，腦部功能有日益退化的危險性。

當天夜裡，千代與龍夫睡在醫院裡，第二天早上才搭第一班市營電車回家。

「今年的冬天可真長，明天就是四月了。」

千代打開玄關上的鎖。

遠方已隱隱約約有早起的人在活動。龍夫佇立在家門口凝視著鼬川，岸邊堆積著一層漂浮的白雪，露出短短的枯木，襯得流水分外汙黑。

這股發源自立山的清流蜿蜒流經廣大的田園而漸趨乾涸，又迤邐過無數的街角，川水轉呈混濁，不知何時被人們以幾分輕蔑的口吻喚作「鼬川」。當然這並不是正式的稱呼。上游有其他的名字，而從龍夫家算起的下游，還有另一個不同的名字。這是條水量不豐但流幅狹長的貧乏河川。

進入屋內立即聞到煮魚的味道，壁鐘的蓋子還開著，重龍的假牙也依然擱放在鐘的下方。

「待會兒得把『這個』和換洗衣物一起帶去。不能咬東西，爸爸一定會亂罵一通，要是再中風……」

千代把假牙包在手帕內，接著就一動也不動坐在那兒。龍夫走進自己的房間，把被褥鋪好，整個人都鑽進去，連頭也一起蒙住，眼睛卻睜得大大的。屋頂的積雪滑落了一些。不知是誰從小巷往川邊走去，腳步聲漸去漸遠，不久後便聽不見了。

英子的側臉在黑暗的被窩中浮現，算來也有一年了。自幼就熟識的英子，小學時還常常在一起玩耍，但一上國中後，突然就不和龍夫講話了。龍夫想起有一次在學校的樓梯無意間瞥見英子白皙的大腿，接著又想起藏在桌子裡寫給英子的信必須盡快燒掉。雖然沒有寄出的勇氣，他還是常寫信給英子。在短短的信箋上卻洋溢著龍夫絕不想讓第三者看到的害羞事。不，還不只是信而已，在桌子裡還滿滿堆積著不想讓他人看見的東西。那些東西散發著汗臭味，隱藏著熱力、魅力與自虐。

再過一個禮拜左右又是新學期開始，龍夫將上國中三年級，必須開始準備高中入學考試了。同年級的同學幾乎都還悠哉悠哉的，其中卻有人像變了個人似地開始發憤用功，關根圭太就是其中之一。但是，關根突然發憤讀書的理由跟他人略有不同。關根的理由僅僅是為了英子，為了能和英子一樣進入同一所縣立高中。關根絲毫沒有將這分心意隱瞞自己的一票夥伴。

有一回，從學校回來的路途中，儘管大雪紛飛，兩人也沒撐傘，龍夫就曾問過關根：

「你真的喜歡英子嗎？」

關根雖然略微漲紅了臉，也認真地回答：

「嗯，真的喜歡，不是騙人的。」

「大家都知道這件事，英子也知道了，你不覺得害羞嗎？」

「是覺得害羞，不過既然喜歡上了，那也沒有辦法啊！」

關根用手拂去頭上的積雪，隨後又展顏一笑。

「這張臉哪，我爸爸說根本不討女人喜歡。」

不知不覺中兩人已走到「辻澤齒科」的門前，那正是英子的家。門柱上的雪積得有如覆蓋的碗那般厚。龍夫瞥了關根一眼，而後將自己或許更勝於關根的愛慕之心一個勁兒地隱藏起來。

龍夫嘲笑似地用手肘頂頂關根的側腹，關根也笑著頂回來，兩人就這樣互相頂刺著對方的身體，在雪中跌跌撞撞地往前走。

上生物課時提及「費洛蒙」（pheromone）一事，關根隨即到圖書館詳細查證一番，之後便睜大著眼睛，滔滔不絕發表高論。

「英子散發著很迷人的味道。」

雌性動物以分泌「費洛蒙」這種物質來吸引遠在數公里外的雄性動物。關根的口中滔滔不絕地說出這等驚人的言辭。

「昆蟲啦，或是其他種類的動物體中都可發現這種費洛蒙的物質。像蟑螂更是不得了，甚至還可以利用費洛蒙效應來殺蟑螂呢！不過，像這種科學之類的事是相當無趣的。」

之後關根便一直喃喃自語著。

「熱情的，英子的費洛蒙是熱情的。」

孩提時期，龍夫曾和附近的女孩在壁櫥裡玩遊戲。在關根一席話誘使之下，龍夫迎著漫天飛舞的大雪娓娓道出那樁不曾對他人提起過的往事。

「壁櫥中好暗好暗，突然覺得害怕起來，但百合卻默默俯臥在棉被上。」

「……什麼時候的事？」

「小學二年級時。」

「哦！你也太早熟了吧！」

「我脫下百合的內褲，觸摸屁股那個洞。」

「……真的摸了？」

「……嗯，摸了很久。壁櫥裡不但暗還有股霉味，只有一點點光從拉門的縫隙透進來。我還試著把手指插進洞裡。」

「……插進去了嗎？」

「沒有插進去，百合一直喊痛……為什麼會衝動去做這種事？這也跟費洛蒙有關嗎？」

「……或許吧！」

關根待龍夫把話說完，舉起手拂去頭上的雪花，接連拂拭了數次，同時口中又念念有辭地說：

「……十分熱情喲！」

關根說這話時仰臉望著天空，龍夫還清清楚楚記得，當時自己是以何等憎厭的眼神看著關根。

棉被裡漸漸暖和起來，龍夫忽然覺得倦意襲來，將眼睛閉上。父親痙攣摔倒的那一瞬間，臉上的表情至今仍烙印在內心深處。當他聽見父親說「不要再指望我了」時，被背叛的感覺油然而生。壁鐘已經停了，家中靜悄悄的，一點聲響都沒有。

龍夫悄悄起身窺視隔壁的房間，千代依然坐在壁鐘下方，膝蓋上放著重龍的假牙，垂著頭一動也不動。

進入四月後的第五天又開始下起大雪。原本蓬鬆堆在街底的積雪，又覆蓋上一層厚厚的新雪，髒汙留在白色街道的底層。

千代帶著重龍的換洗衣物以小跑步跑到站牌處，恰好趕上還未行駛的市營電車。空氣中瀰漫著魚腥味，一位狀似魚販的老婆婆叨叨念著不快開魚貨就要不新鮮了。也不知是說給司機聽，還是在自言自語，千代想膩了，轉而偷窺坐在自己正對面的老婆婆。一見老婆婆目光犀利地反瞪著自己，千代連忙慌張地把視線移向車外的景色。雪下得比較小了，依稀還可看見「越中返魂丹」那塊大招牌。

千代忖量今後到底要如何生活下去。滿身債務，又毫無分文收入，除了自己出去工作外別無他法可想。但是，生活費之外，再加上丈夫的住院費用，必得要有一筆相當可觀的收入。一會兒樂觀地想著自己才四十五歲，一會兒又悲觀地想著自己已經四十五歲了，反覆思量，唯一可確定的就是，現在真的是窮途末路了。

昨天才聽說重龍的前妻春枝離婚後，在金澤市內經營旅館業，最近還增蓋了一間鋼筋水泥建的大型分館。千代耳聞這個消息突然安心許多，她想把這件事告訴重龍，或許對現在的重龍來說，這個話題是最能讓他感到安慰的了。

市營電車慢吞吞地繞著道路前行，在西町的紅綠燈處停下來。只見數名作業人員站在鐵軌上。不知是否因下雪的緣故使得鐵軌發生故障，反正市營電車停下來後動也不動。

「不快開，魚貨就不新鮮囉！」

老婆婆又開始嘟囔。千代若無其事地凝視老婆婆防水靴上沾附的魚鱗。以前，她搭乘的夜行火車因大風雪而拋錨時，她也曾如此凝視坐在前面、一副行販打扮的女人腳上所穿的防水靴。火車內昏暗的燈光，卻照得防水靴上散布的鱗片閃閃發亮。當時鱗片的閃光猶歷歷在眼前。這就是在懷了重龍孩子的那一夜與冷冰冰的幽暗相繫的閃光。

千代有過一次不幸的婚姻，和前夫生下一個男孩。當時已一歲的孩子由丈夫帶走，堅持捨棄孩子也要分手的，倒是千代自己。

現在，那個孩子應該二十四歲了。為什麼內心從不曾想過要再見孩子一面？或許是因為嫁給重龍、生了龍夫這個孩子吧！不過有時千代一念及自己的心態還是會不寒而慄。

千代的前夫是個鐵路員工，是有田產的富裕人家的長男。千代在親戚撮合下，二十一歲時和這個男子結婚。丈夫的膚色白皙，有著一張女性般紅潤的嘴唇，但不相襯的是嗓門又粗又響亮。

丈夫除了擁有茶道、花道的執照外，還擅長彈三味線、唱「長唄」[2]，這在當時的鐵路員工中是頗為罕見的，但是丈夫卻又是個酒鬼。新婚甫過兩個月，下了班的丈夫喝得爛醉如泥，連衣服都不知放在哪裡，僅穿著一件內衣回家。千代責問此事，立即招來丈夫一頓拳打腳踢。

第二天沒值班，丈夫睡到中午才起床，口中說著「這對宿醉最好」便開始插起花來。看著丈夫穿著奢華和服的模樣，千代油然升起一股說不出的厭惡感。千代離家出走，逃到住在高岡前一站小杉的母親那兒。這是千代第一次離家出走，當時罹患肺結核、臥病在床的母親與哥哥住在一起。

等到下一個休假日，丈夫前來接她回家，整張臉貼在榻榻米上，一再哀求她無論如何都要回家，千代才又回去丈夫身邊。但是，丈夫的酒癖是改不了的。當丈夫再度喝得醉醺醺回來，千代又逃到母親住處，而後丈夫又去接她回來。這種情形不斷反覆發生，直到孩子出世了，依然沒改變。唯一不同的是，離家出走的千代身上背著個嬰兒。

千代很難將這個流著口水、僅穿一件內衣、爛醉如泥的丈夫，和那個換上華麗和服恬靜地插花飲茶的丈夫合為一體。而不論丈夫是哪一個樣子，千代都覺得無比的厭惡。

孩子出生半年後，喝醉的丈夫擔著鐵路局配給、視做薪資一部分的白米回家，米袋上破了一個洞，白米沿路掉落，回到家時已一粒不剩。

當時千代便下定決心。差不多同一個時候，千代的哥哥接到徵召令。由於父親早在千代孩提時期就已逝世，千代勢必得負起責任照顧臥病在床的母親。而戰爭終於發展至非比尋常的局勢。

千代帶著孩子回娘家，並且託人把自己的意思轉達給丈夫。丈夫一如往常般前來接她回家，但千代再也沒有回去了。

半年後公公婆婆允諾千代離婚的要求，條件是孩子必須歸夫家。千代心想這樣也好，就算失去了孩子，也要跟丈夫分手。

千代站在暗處遠遠地看著婆婆抱著孩子走進車站的剪票口，雙腿不斷發抖。和丈夫不長的婚姻生活終於結束了。

戰爭結束後那一年，母親也去世了。被徵召至南方的哥哥就此音訊全無。戰後物資異常匱乏，但是歡場已開始重張豔幟，千代應金澤一家「田村」的酒家女主人招攬前去工作。當初的工作性質是幫助女主人坐在櫃檯管管帳、分派藝伎，既不當藝伎也非女侍。但千代的人緣比那些紅牌的藝伎還好，經常被笑嘻嘻的客人團團圍住，央求著只要千代默默坐在身旁就好，根本不要藝伎相陪。久而久之，千代也變成那個世界裡的一分子。之後便認識了當時在北陸地區開始打響知名度的水島重龍。那是戰爭結束後邁入第三個年頭的事。

市營電車再度緩緩向前移動，站在鐵軌旁的工作人員朝車掌揮手高聲叫著。

「一整天都在剷雪哪！」

「總比剪票要好得多。」

年輕的車掌也喊回去一句。工作人員的笑聲在依然紛紛飄落的大雪中逐漸消失。

醫院是古老的木造房子，而重龍住的那一棟日照差，白天房間內也亮著燈。這裡聞到的不是醫院應有的强烈消毒藥水味，而是瀰漫一股汗臭與水果混合的味道。

「有股血漿的味道。」

重龍一字一字地吐出這句話。千代將蘋果去皮切成一塊一塊，此時重龍的口中正含著一塊滾來滾去。

「為什麼不咬一咬吞下呢？」

「假牙合不攏。那種牙齒，丟掉算了！」

重龍用腳踢著外頭用紙包著放在床尾的假牙。千代用手拭去他嘴角殘留的藥粉時，重龍又開口說：

「把那張本票拿去給大森。」

重龍已經很多年不曾提起這個朋友。

「可是……」

「我的一切他都知道。他啊，明知這張本票不會兌現，怎麼說還是會貼現給我們的。水島重龍的任務就到此結束了，你們只要去低下頭說拜託拜託就可以了。」

千代撫摸著重龍無法動彈的右腕。手腕雖然沒有力氣，摸起來還是很溫暖。重龍看著窗外的雪景，問起龍夫最近都做些什麼事。他對於兒子不常到醫院來，心中頗為不滿。

「這個孩子真像你，又膽小又神經質，可是有時又會搞出令人意料不到的名堂，也不知道是哪兒少了一根筋。」

重龍笑著回答只有這一點跟他很像。

雪似乎愈下愈小了。

「最後一場大雪了。」

說完這句話，千代自己嚇了一跳。對重龍來說這或許真的是最後一場大雪了。

「最近終於想起來了。孩提時期那件事……的確是在夏天時發生的。」

重龍從來不曾提起過自己孩提時期的回憶。

「那一天蟬叫得好大聲，我躲在石牆後等人。突然從石牆的縫隙爬出一條小蛇，很快地又鑽進另一個縫隙，我鬆了口氣，然後繼續僵著身子等著有人經過。那一天天氣很熱。我一直躲在石牆後，不知道是要等那個人走到身旁突然大叫一聲嚇他，還是害怕那個人追來而一直躲在那裡。我怎麼想也想不起來。那時候我不是五歲便是六歲。」

「很久以前的事了嘛。」

千代故意裝出笑容這麼說。想起自己孩童時期也曾經有過類似的經驗。

「到底在等誰呢？怎麼想也想不起來。昨天夜裡終於想起來了。在刺眼的路的轉角處，我曾看見那傢伙的腳。」

重龍說到這兒便不說了。千代本想說出春枝的事，但不知為了什麼緣故也噤口不言，默默看著窗外的雪景。北陸黯淡的雲層緩緩橫移過來。

從睜開眼那一瞬間開始，龍夫就不斷在心中大叫四月大雪、四月大雪。一旦四月下了大雪，那一年就可以去賞螢了。龍夫小學四年級那一年，銀藏爺爺就和他訂下這項約定。

「滿天都飛舞著螢火蟲哪！沒看過吧？不是一群一群的，而是一整塊一整塊的。從遙遠的鼬川上游，越過一大片一大片的田地，在完全無人居住的地方繁衍出來許許多多的螢火蟲。流經那裡的鼬川，也成了一條又深邃又美麗的河川。總之，數都數不清的螢火蟲哪！像大雪紛飛一般，左右都是螢火蟲啊！」

龍夫無數次纏著說起話來比手畫腳的銀藏爺爺，百般央求他講螢火蟲的事。

「這裡的人沒有人知道，沒有人曾經看過那麼大群的螢火蟲。」

「爺爺看過嗎？」

當年幼的龍夫提出這個問題，銀藏爺爺便以很認真的表情回答：

「看過看過，看過哩！就那一次，把我嚇得以為是什麼妖怪哪！就算是喝醉怎麼的，也全都嚇醒了。」

「帶我去，帶龍夫去看！」

「這個嘛，不行不行，這個不是常常可以看見的。如果不是四月還下大雪、冬季很長的年頭，螢火蟲是不會大量繁生的。」

「四月下雪的話就可以？」

「嗯，不過不是普遍那種雪。非得是大雪，教眼睛都睜不開的大雪才可以啊！」

龍夫聽銀藏爺爺說起這個螢火蟲的故事已經五年，這些年來卻都不曾遇過四月下大雪的情形。今天吃完早餐後，龍夫便慌慌張張朝八人町銀藏爺爺的工作間跑去。剛完成一件工作的銀藏爺爺正在研磨鉋刀的刃面。他是個七十五歲的門窗師傅。

「下大雪了哪！銀藏爺爺，四月裡下大雪了！」

「喔，雪下得真大……」

「今年怎麼樣？今年螢火蟲會出來吧？」

銀藏喲咻一聲站起身來，推開小彈簧門，望著鉛灰色的天空。從小彈簧門吹進來的風將工作間的木屑吹得四處飛舞。

「……這個嘛，如果會出來的話，大概就在今年了。」

龍夫的臉頰、脖子因興奮漲得通紅。早在小學時，他就和英子約定好，如果真有這麼一天，兩人要一起去賞螢。

龍夫將臉伸到小彈簧門外，依戀地眺望著雪景，銀藏敲敲他的肩膀說：

「快關起來，好冷啊！」

回過頭來，龍夫的視線正好落在銀藏爺爺剪得又短又整齊的白頭髮上。不知何時，龍夫已經長得比銀藏爺爺高了。自從正月見過面之後，龍夫已有很長一段時間不曾到銀藏爺爺的工作間來玩。

「你爸爸最近情形如何？」

銀藏爺爺問。

「不好也不壞。」

「你應該多陪陪你爸爸。」

銀藏爺爺一邊在炭爐上烤餅，一邊以柔和的目光看著龍夫。

「……嗯。」

「阿重口頭上老掛著『兒子沒二十歲之前，我絕對不能死』這句話。」

事實上，龍夫的確刻意避開父親，他討厭又老又憔悴的父親。炭爐中迸出的火花，像是無數的螢火蟲在龍夫面前飛舞。龍夫用手將餅翻過面，勉強笑著說：

「我爸爸不會死的。」

「是啊！不會死的。他是說要等兒子長大了、幸福過日子後才死的嘛。」

龍夫心想，等自己長大，還得等上一段很長又無盡期的時間。

「銀藏爺爺，不管螢火蟲是不是一大群出現，今年一定要帶我去賞螢。就算一隻都不出來也無所謂，你一定要帶我去賞螢。」

「好好好！一定帶你去。如果沒有實現和阿龍之間的約定，我這個銀藏爺爺會遭天打雷劈。」

離開銀藏爺爺的工作間後，龍夫從八人町往西町方向走去。他打算從西町搭電車到醫院去。

積雪形成一道微陡的斜坡，恰可供孩子們在上面滑雪。孩子們將竹子剖成兩半做成簡單的滑雪板，在雪坡上嬉戲。念小學時，龍夫也曾在冬天這麼做過，直到有一次滑倒造成腦震盪，才停止這個遊戲。

在商店街之前突然聽到有人叫喚，是關根圭太。龍夫不知不覺間走過了關根家門口，關根從二樓的窗戶探出臉來不斷揮著手。

「你要去哪裡？」
「醫院。」
「上來一下吧！」
關根家開西服店，一整天都響著縫紉機的聲音，龍夫不太喜歡上關根家的二樓。
但是，當關根戴著深度眼鏡的父親從店裡笑著向他招手時，他只好進入店裡。
「你爸爸的情形怎麼樣了？」
關根的父親問道。他一如往日一般穿著西裝背心，頭上綁著手巾，脖子上掛著一根布尺。由於關根的父親一邊耳朵有重聽，龍夫便提高聲量將父親的情形說明一遍，他點點頭將眼鏡往上推。
「阿龍也要參加縣立高中入學考試嗎？」
龍夫還未決定考不考。他很懷疑自己是否能考上，但父親那一句「不要再指望我了」，反而激起了他發憤求學的鬥志。

關根的父親笑著說圭太很用功，接著又壓低嗓門曖昧地低語：

「我知道，那小子用功是有歪念頭的，不知什麼時候情竇初開，真拿他沒辦法……」

自從兩年前關根的母親病逝後，父子倆便相依為命過日子。當時龍夫也和千代一起參加葬禮，出殯時關根的父親突然靠著棺木放聲大哭，毫不顧忌他人，矮小的身軀悲痛欲絕，那情景龍夫至今還記得很清楚。

「我是想讓那傢伙畢業後就開始學習裁縫，早一點成為一個出色的師傅比較好。」

關根從二樓走下來，抬抬下巴示意龍夫上樓去，兩人沿著狹窄的樓梯一起往上爬。

「我爸爸跟你說什麼？」

「他說你很用功。」

「我爸爸反對我上高中。說什麼從事洋服剪裁才能成為有教養的人。他哪，根本沒有教養。」

話才說完，關根的父親即在下頭叫嚷著：

「什麼教不教養，你真正的居心是什麼我最清楚不過了！」

圭太連忙把紙門關上。

「真奇怪，這種事情他倒聽得清清楚楚，不是只有一隻耳朵聽得見嗎？」

龍夫覺得圭太憤慨的臉孔看起來很可笑。

「沒——有教養！」

圭太皺著眉指著樓下又說了一遍。這下龍夫再也忍不住，笑著倒在榻榻米上打滾。

「什麼事那麼好笑？」

圭太一臉愕然坐在椅子上打量著龍夫。過了一會兒，突然想起什麼事似的打開抽屜，拿出一個小箱子。

「不可以對別人說喔！」

箱子裡有一張相片，圭太將相片遞給龍夫，是張英子站在櫻花樹下微笑的相片。

「這個是怎麼回事？」
圭太笑而不答。
「英子給的？」
經過龍夫再度逼問，圭太傻傻地笑著點點頭。
「真的是英子給你的？」
「是真的，這是英子在富山城拍的相片，前不久才送給我的，我的努力終於有了回報。」
「……哼。」
龍夫再度端詳著手中的相片。相片中的英子看起來似乎比本人更早熟、更美。圭太從龍夫手中取回相片，喃喃自語不要弄髒了、不要弄髒了，又把相片放入箱子裡。
「你騙人，英子怎麼會把相片送給你。」
龍夫鄭重其事地對圭太這麼說。
「你這樣一直盯著人家的臉看，還說一些沒有禮貌的話，這對我可是種侮辱。」

「……我說話並沒有特別盯著你的臉看啊！」

「算了算了……對了，阿龍，英子真的很漂亮喲！你是不是也這麼認為？」

「嗯……英子是真的很漂亮。」

在這個時候，如果圭太問的是「你是不是也喜歡英子」，龍夫一定會坦白回答「喜歡」。

儘管關根的父親再三挽留他多待一會兒，但龍夫還是急急忙忙告辭了。也沒去搭市營電車，踩在漫長的雪路上一步步朝父親的醫院走去。內心想著，待這場雪融化後就是春天了，自己將升上國中三年級，一定要好好用功讀書。一念及此，一股莫名高昂的情緒油然而生，龍夫加快腳步，昂然向前走去。

雪勢忽而變小，忽而轉大，絲毫不見有歇止的模樣。路上行人無不披著被雪花染白了的外套，弓著身子急急忙忙地趕路。

龍夫邊走邊踢著雪。打從出生以來，第一次憎恨起這個鬱鬱悶悶下個不停的大雪來。强風挾著雪花四散飛舞像煙霧一般，不停落在龍夫的臉龐上、胸前。但一想到降落在遙遠的飀川上游的一大群螢火蟲變成絢爛的童話美景，龍夫不由得心頭為之一暖。

櫻

一醒來，龍夫就聽到枕邊傳來河水流動的聲響。春天真的是來臨了。大約從現在到五月中旬這短短的期間內，飀川的水量都會很豐沛，但是唯獨今年，龍夫從飀川奔流的水聲中聽到某種特別的聲音。那種聲音就好像是某種東西蹦開、很輕微很輕微的聲音。

就像在冬夜裡，龍夫也曾感受到雪花靜靜地飄落下來了。他聆聽著水聲，同時又想起雪花飄落的聲音。覺得體內升起一股刺癢，龍夫又假寐了一會兒。

今天是星期天，龍夫得到高岡市找一位父親的朋友，叫大森龜太郎的人。他要去把一張本票換成現金。本來千代告知星期天將要親自過去拜訪，卻被對方攔住話頭，另外指定龍夫前去。

按千代所言只是去拿錢就可以，龍夫才不得不勉勉強強答應，內心還是覺得忐忑不安。這個素未謀面叫大森的男人，為什麼非特別指定自己前往不可？

「快起來喲！否則就要遲到了。」

千代把龍夫的棉被掀起來。龍夫這才慢吞吞地爬起身來，汲井水來洗臉。龍夫覺得自己的鼻子似乎比以前大一點，用手指摸了又摸，覺得鼻翼與鼻梁也比以前堅挺。當他說起這事，千代笑著捏捏龍夫的鼻子。

「上一次你說乳頭硬硬的發痛，說得像個女孩子似的，這一次換到鼻子了？」

千代說完後，接著一再囑咐龍夫舉止要有禮貌、應對要得當等等。

千代與龍夫一起從雪見橋搭市營電車到富山車站，千代為龍夫買了張到高岡的車票。擴音器中響起前往大阪、東京開車時刻的站員廣播，適逢星期天，車站裡人潮十分擁擠。雖然前往高岡市只要一個小時左右，但龍夫卻覺得好像要到一個遠得要命的地方，心裡十分緊張。

「錢要包在裡面，用手緊緊握住。」

千代將包袱巾塞進龍夫學生服的口袋裡，正色地對龍夫說道。

「你爸爸說不定還可以支撐一年。這筆錢是要付給醫院、以及將來你上高中的費用。如果大森先生問起，你就老實這麼跟他說。」

「……嗯！」

「以後媽媽會出去工作，你不用擔心。媽媽非常喜歡工作的。」

「……嗯！」

獨自一人搭乘火車至高岡辦重要事情而引起的恐慌，因母親一反常態的模樣一掃而空。在龍夫印象中，母親從不曾以這般果斷的口吻談論事情。

晌午過後不久，龍夫抵達了高岡市。依照母親畫的地圖，由車站往西邊走。風很强，在春天的驕陽下吹得砂塵滿街飛舞。

龍夫馬上就找到大森家。走到商店街盡頭往左轉，眼前便出現一戶黑板牆的房子，屋頂掛了一塊寫著「大森商會」的招牌。龍夫推開玻璃門打聲招呼，一名男子從隔開公司與內室的大布簾後探出臉來。

「遠道而來，歡迎歡迎！」

大森將龍夫引進至公司一角的接待室。室內有一具漆黑發亮的鎧甲擺飾在大玻璃櫥櫃中。

大森龜太郎有著兩道粗濃的眉毛，細細的眼睛好像被硬嵌在眉毛與嘴唇之間，連根頭髮都沒有的光頭上泛著桃紅的光澤。口中不斷重複說著「遠道而來，歡迎歡迎」的大森，盯著龍夫猛看，最後終於一解嚴肅的表情笑著說：

「跟你父親長得真像！」

可是，龍夫還是覺得手足無措。在這種場合，他不知道該說些什麼才好，於是便從口袋中抽出放有本票的信封遞給大森。

「我已經聽你母親說過了。」

大森說著又把信封原封不動地推回給龍夫。

「這張無法換錢的廢紙，你還是帶回去吧。」

龍夫不知道該怎麼辦，只有保持沉默。雖然母親教過要老實的告訴大森先生有關這筆錢的用途，但龍夫就是無法好好的說出口。

在鎧甲側面的牆壁上掛著一個大約有龍夫身高那麼高的壁鐘，壁鐘上刻著一排塗金漆的文字「開張大吉・水島重龍」。

「喔，這是我開始在這兒做生意時，你父親送來的賀禮。那是在你出生前很久以前的事囉。」

大森大聲說完這些話後，音量突然又變小。

「不必特意用一張紙來換錢，乾脆我就借給你們所需要的數目。意思就是，我把它當作是借給你的錢。」

龍夫不十分了解大森話中的含意，一心只想快一點回家。大森進去內室一會兒，又拿著自來水筆與便箋走回來，接著從保險櫃中拿出錢來。

「算是我借給你的，這樣可以嗎？」

淚水從龍夫眼中溢出，既不是高興更不是悲哀。龍夫努力噙住淚水，問說：

「等我長大後再還可以嗎？」

「唉呀，可以可以！等你長大後會賺錢了，再還就可以了。等你有能力還錢時，要是我死了，那就不用還了。只是你要記住一件事，今天是你向我借錢，這一點不要搞錯。」

大森寫好兩份借據，另以大字加註一項但書，言明這筆款項無利息、無償還期限、貸方死亡時借貸關係便終止，然後蓋上自己的印章。龍夫遵照大森所言簽上自己的名字，又以大拇指按捺印泥，蓋上手印。

「小小年紀卻有勇氣獨自來找我，真難得。多待一會兒，反正今天内人跟店裡一夥人賞花去了，凡事不用太拘束。」

大森說著說著，將話題轉到龍夫父親身上。

「水島重龍曾經到達一個不知該說是偉大或恐怖的巔峰狀態，可惜的是，從某一個時期開始，突然間命運之神不再眷顧。他腦筋好、心胸寬大，以一個凡人來說，他實在是一個非常好的人，只是好運突然不再。講起『命運』這玩意，實在令人思之不寒而慄。以你現在這個年齡是無法理解的，正是『命運』這個東西使人或愚或賢。」

大森喃喃說著「我和你父親是在像你這個年紀時就認識了」，同時走進內室裡去。龍夫看著桌上的借據，又看看自己染得紅紅的大拇指。

「你看這個，這是我和你父親。」

折回來的大森把一張發黃的相片遞給龍夫看。兩個年輕人搭著肩並坐在櫻花樹下，其中一人戴著帽子、打著綁腿、穿著軍靴，另一人頭上綁著毛巾、赤裸著上半身。大森指著那個上半身赤裸的年輕人說：

「這就是你父親，那時才十八歲。」

「……喔。」

龍夫仔細端詳著那個光頭的年輕人，容貌的確和自己十分神似。十八歲的父親皺著眉，似乎嫌春光太耀眼，白皙的肌膚散發著青春的光輝。而同樣是十八歲的大森濃眉下的雙眼則盯著鏡頭。

大森低喟一聲，壓低聲說：

「這是我們兩人初次召伎玩了一整夜後，第二天拍的相片。」

大森似乎想繼續說下去，但卻就此噤口不言，抿著嘴眼睛直直地看著相片。

過後不久龍夫就告辭了。大森送龍夫至車站，還在商店買巧克力給龍夫，而後突然鄭重說道「後會有期」，一邊還大幅彎腰鞠躬致意，龍夫也道了聲「再見」，鞠躬答禮，慌忙中頭上的學生帽掉落地面。

富山城的櫻花開了七成左右，混濁淤滯的護城河卻被水底的水草輝映出一片青綠。

千代離開報社的大樓後，步行至富山城城門前，而後停下來休息一會兒。因為得知報社員工食堂正在招募廚娘，千代便前往接受面試。但是就算被錄取了，千代還擔心自己是否能去工作。

重龍十天前又再度中風，這一次不但右手、連右腳的機能也喪失了。在這之前好歹還能夠一個人去上廁所，再度中風造成右半身完全無法動彈，如此一來勢必得要有個人時時在旁邊照料。千代既沒有多餘的錢請看護，也沒辦法一天二十四小時都隨侍在旁。

債主們雖未到醫院來逼債，但也三天兩頭便蜂擁至家中催討，喧嚷的音量之大，連附近住家都聽得到。其中還有兩、三個自稱「專門討債的」，故意挑半夜前來，大聲威嚇千代償還債務。

早早把房子和土地以及座落在車站前的公司變賣，就是要全都拿去還龐大的債務。再來迫在眉睫的是一家人每天的生活費。但是重龍如今臥病在床，使千代陷入必須工作又工作不得的狀態。

千代渡過護城河，鑽過城門，在碎石子路上漫步行走。一群要到護城河釣魚的孩子們快步跑過千代身旁，櫻花樹下處處傳來一家人以及年輕男女喧嘩的歡笑聲。

天守閣屋脊的瓦片在灰暗的天空下閃爍著奇妙的光澤。千代在一棵古老的櫻花樹下坐下來，偏巧從這個地方可以看見一位三十來歲穿著和服的女人，獨自茫然地站在城門石牆下的陰影處，似乎在等人的樣子。那名女子的臉上充滿略微焦躁的神情，看來應該等了很久。千代看著，大大嘆了一口氣。接著便隔著時而飄落的櫻花花瓣一直凝望那名女子。從千代所坐的地方看去，雖然無法很清楚辨別出來，但是依稀可見那名女子身上所穿的外褂上似乎是水仙花的圖案，在多雲的天空下淡淡浮現成排黃色的花朵，冷不防地沁入千代的心中。

十五年前的冬天，千代在富山車站的候車室等候重龍。約定的時間早就過了，千代幾次想起身回去，可又遲遲無法下定決心。千代心裡很明白，一旦自己就此回去，以重龍的個性是不可能追來的。

千代踱出候車室，走至剪票口看著停在月台邊的列車。所有來自福井較晚進站的火車車頂都積著一層厚厚的雪。連車廂、玻璃窗上也滿覆著雪。這景象不啻言明在遙遠的彼方大風雪肆虐的威力。

數名女子肩擔大件的行李走入剪票口，接著是兩、三名貌似復員兵的男子裹著厚厚的外套快步走過去。車站某處傳出孩子的哭泣聲。

暗淡的月台上濕答答的，到處都有雪塊啪噠啪噠地掉下來。千代看看錶，就在這時肩膀被人用力拍了一下。水島重龍一臉怒容站在後面。

「在候車室看不到你，還以為你已經回去了。」

已經買好了到新潟的車票，但千代頭一回擺出了撒嬌的態度央求著要去越前，重龍倒也一口應允改變行程。

火車果然在大聖寺之前就停下來。由於風雪太大，火車什麼時候可以再往前行，完全無法預料。火車停下來後，車廂內暖氣的溫度節節下降，反而是前座傳來的魚腥味愈來愈濃。那名小販模樣的女人身著工作裙褲，防水靴上黏附著無數的魚鱗片。

「冷嗎？」

重龍在千代耳旁低聲問。千代答說腳有點冷，重龍便從網架子上取下自己的外套，蓋在她的膝蓋上。

這件綠褐色的純毛外套，色澤異常鮮豔，任誰看了都會多看兩眼，卻和重龍精壯的體格與眼角細長、目光銳利的雙眼不相襯。重龍毫不靦腆地把這麼一件華麗的外套穿在身上，或許千代就是對這股創業家傲然的氣勢著迷，連重龍年齡大得足以做自己父親一事也忘記了。

注意到穿著和服的女子朝自己這個方向走來，千代猛然回過神來。不遠處站著一名二十四、五歲的男子，臉色很難看。女子走過千代的面前，對男子說：

「沒辦法哪！孩子在發燒……」

那名男子脫下西裝外套交給女子，從胸前口袋中拿出領帶來繫上。

那名女子的隻字片語令千代深感悲哀，站起身來走回原路。一名賞花的遊客正在高歌。酒宴過後的蓆子上一片狼藉，還有個小嬰兒躺在蓆子上哭泣著。千代加快步伐。嬰兒的哭聲教人心煩。千代與重龍那一夜搭乘的火車上也有嬰兒在哭。

那天火車停了近四十分鐘又啓動，在大雪覆蓋的原野上緩緩前進，這一次則是從車廂後面響起嬰兒的哭聲。

每當車廂搖動，那名女子的防水靴上黏附的鱗片便反射出刺眼的光芒。凝望著閃閃的光芒，千代沒來由地聯想起數年前與自己分離的孩子那細細的脖子，又猛然坐直了身子。這一動，罩在膝蓋上、重龍的外套便滑下去了。

「今晚就住在福井，明天再去越前岬。這樣安排好嗎？」

雖然自己說過想去越前，但不記得曾指定要去越前岬，千代因而暗地裡偷覷重龍臉上的表情。重龍望著窗外，表情清晰地映在玻璃窗上。重龍就這樣牢牢地注視著千代，千代也隔著玻璃窗與重龍對眼相望。一剎那間，原先對重龍那分曖昧不明的感情，明確的化為戀情在千代心中生根。

當天夜裡停宿在福井市內，重龍一改往日的模樣，很少開口說話。

用完餐後，千代圍坐在被爐的另一端，時而聽著雪片隨著風勢強力撞擊屋脊、牆壁或是玻璃窗的聲音，重龍低喟著天色暗了。

「叫個藝伎來吧……」

千代滿心不願意，但重龍還是拍拍手叫掌櫃來。掌櫃笑著解釋，已經太晚了，現在來的都是沒有技藝在身、專門只做那種事的。

掌櫃退下去後不久又轉回頭來補充說，若是不嫌棄的話，倒是有個女的可以彈彈三味線來解解悶。

「好吧！叫她來彈！」

重龍邊說邊伸手握住千代伸在被爐內的腳踝。

一名近五十歲、個子矮小的婦人在掌櫃的引領下走進房間來。兩眼都瞎了，眼睛混濁而泛白，和一般越前人稱彈三味線行乞的盲女，似乎不是同類。

婦人默默頷首示意，而後稍稍仰起臉朝著天花板停頓了一會兒。千代覺得她似乎在聞著什麼味道似的，心裡一直平靜不下來。

女子以和其外貌殊不相當的激烈手勢撥弄三味線，短短一曲彈罷後問：

「要不要唱個歌？」

「不用，唱歌免了，隨你愛彈什麼就彈來聽……對了，剛剛吩咐的酒應該好了吧？」

掌櫃退下後，女子深呼吸數次以調氣，而後又舔舔撥子的尾端，這才再度狂熱地彈動三味線。音色之清脆令人油然生畏，不知不覺中千代整個人被盲女所演奏的低沉強力旋律吸引住。連重龍也維持原先握住千代足踝的姿勢，凝目看著盲女的撥子。

一直到夜半掌櫃來接人之前，盲女始終不停地彈著三味線。數道汗水沿著臉龐而下，流進脖子裡，盲女忙著以撥子撥弄琴絃，嘴唇還微微囁嚅著。看在千代眼中，盲女似乎不停喃喃念著「還沒還沒，還有還有」。電燈昏黃的光線隨著三味線的琴音益發黯淡下來。一滴透明的東西緩緩轉變成鉛色——隨著盲女手勢一揮一揮的，就好像越前海水水滴一般，變成了黯淡又冰冷的物體，使得這個房間原本就令人冷得打顫的空氣益發寒冷起來。

「戰爭結束後還是第一次彈得這麼盡興！」

盲女說道。重龍把錢遞給她，並且清楚告訴她金額是多少。

「你不用再給掌櫃介紹費了。」

掌櫃來接盲女時，重龍另外給了他一筆賞錢。

翌日，兩人來到越前岬。隨著時間一分一秒的經過，天空與大海的顏色逐漸變暗，最後究竟何處才是分界線已經分不出來了。雪花也逆捲著朝天空飛去。

「為什麼要到這種地方來？」

千代用圍巾圍住臉龐湊在重龍耳邊嗤嗤笑著說：

「什麼嘛！人家根本沒有說想來啊！」

「你不是說想到越前岬嗎？」

「什麼嘛！人家是說想到越前啦！」

海岸邊屋脊處聳起高高雪簷、覆蓋斑駁雪花的民家並排矗立著。而在風雪交加之中，這些黑壓壓的民家靜寂無聲。

千代從海濤聲中聽見三味線的琴音。還誤以為自己聽錯了，是不是海鳴？或者是推波逐浪的風聲偶然之間造出類似的聲音……。

說起聽見三味線琴音一事，重龍也說：

「哦！我也真的聽見了。」

兩人默默看著大海。

「好壯觀的海啊……」

始終在一旁佇立著的重龍眼中，泛著昨夜傾聽盲女彈三味線之際、一種寂寞又好似仔細凝視著某種東西的光輝。

「水仙花開了。」

千代雀躍萬分地說。忘了曾聽過誰說起這件事。

「水仙花開了，就在這一帶……而且還是在冬天開花呢！」

千代邊說邊探視著海邊，可是卻連一瓣小小的花朵也沒看見。

牡丹雪從天空飄落下來，兩人弓著身子離開海邊。

兩個月後，千代知道自己有了身孕。她想不太起來當時自己到底抱持著什麼樣的想法，只記得對於一個捨棄妻子、捨棄房屋宅地執意要成為自己丈夫的五十二歲男子，有股類似恐懼的感覺。一個拋棄孩子也要與丈夫分手的女子最終竟然嫁給了捨棄妻子也要成為孩子父親的男子。

千代沉浸在回憶中，先是想起在酒家工作那段期間難以想像的空虛與寂寞，接著又想起當時的自己是否真的對重龍毫無所求。有時候，千代常會想起那一次兩人在越前岬的對話。

「你不是說想到越前岬嗎？」

「什麼嘛！人家是說想到越前啦！」

接下來，千代又想起兩人都聽見三味線渺遠的琴聲，隨越前的茫茫大海與逆捲的牡丹雪傳來。

下雨了，飄落的櫻花黏附在淋濕的臉龐上。花瓣不再是殷紅的顏色，而是略微髒汙。賞花的遊客中有數群人已經捲起蓆子跑開躲雨去。千代也以小跑步趕到市營電車站。

千代回過頭一看，方才那名女子也與男子一起跑過來。兩人與千代搭乘同一班市營電車，喘著氣坐在千代旁邊。千代悄悄瞥了一眼。那名女子身上所穿的外褂、和服雖然都是上等的質料，但一眼便可看出已下水洗過無數次，身上雖無一絲風塵味，卻散發著一股落魄的氣息。千代還是第一次這麼注意一個才打個照面的陌生人。

那女子猛然察覺到千代注視著自己，就在兩人視線交接的瞬間，不約而同又轉過眼去。千代愈發覺得發慌。想起大森並沒有回答願不願意將本票貼現，心裡頭突然不安起來。

千代在富山車站下車。原本打算不管花幾個小時都要在車站等到龍夫回來，但眼前又浮起重龍待在狹小的病房內一直等待自己的光景。千代無法安坐下去，在剪票口前走來走去。還不到一個小時，雨停了，千代看見龍夫混在數名乘客之中從月台那一方走過來。龍夫一認出千代，便舉起紫色的包袱巾笑著跑過來。

「等一下要不要去釣魚？神通川有個很棒的地方喲。」龍夫接到這麼一張小紙條，轉過頭一看，關根圭太用教科書遮住自己的臉以防被老師看見，正朝著自己擠眉弄眼的。今天是星期六，學校只上課至中午。

龍夫一走出校門，關根便騎著單車趕上來。

「不去嗎？」

「嗯。今天有事。」

「什麼事？」

「跟你沒有關係。」

關根騎著單車在一直往前走的龍夫身旁兜圈子。

「你在生什麼氣？」

「沒有！我沒有為任何事生氣啊……你去念書吧。」

關根下單車，與龍夫並排前行，後座上夾著釣魚竿。

「我爸爸不讓我上高中，他要我畢業後就到金澤去。」

「……金澤？」

「嗯。我爸爸有個朋友在金澤開西服店，在那裡大概三年就可以學會剪裁的功夫。就為了這件事，昨天夜裡還吵了一架！我爸爸那個人，真是沒教養，還真的用腳踢我的屁股，當然我也還了一記漂亮的『上手擲[3]』！」

「……哦！」

「所以呢，我今天不回家啦！我這麼說了。這是一點小小的反抗喲！也是對那些動不動就踢人屁股的人一點懲處。」

之後關根從書包中取出一個小箱子遞到龍夫鼻前，就是那個裝著英子相片的箱子。

「這個給你，英子的相片。」

「為什麼……」

「我看你嫉妒啊！因為我手上有英子的相片——」

「哪有？我才沒有嫉妒！」

龍夫連忙否定，但也知道現下自己臉漲得通紅。關根露齒而笑，悄聲地說：

「實際上這不是英子給的，是我偷的。」

「……偷的?!」

「不要跟別人說喔！有一次輪到我值日掃地，所以留得很晚，發現英子抽屜裡有一本忘記帶回家的記事本，翻看記事本時發現裡頭夾了這張相片，所以才瞞著她自行拿走了。」

「這樣一來，不就成了小偷了？你不覺得很可笑嗎？」

「是啊！可是你冷靜想一想，英子是不可能會送我相片的啊！」

關根瞄了一眼正在發笑的龍夫又說：

「你老實說，就把這張相片給你。你喜歡英子對不對？」

龍夫默不吭聲，關根輕輕敲一下龍夫的腦袋。

「要不要英子的相片？喏！不想要嗎？只要你說想要，我就真的給你。」

「……我想要。」

「你喜歡英子對不對？」

龍夫瞧瞧小箱子點點頭，關根立即把箱子遞給龍夫。打開一看，英子的相片確實在裡頭。

龍夫問關根：

「為什麼要送給我呢？」

「為了友情啊……今後你跟我會一直是朋友，一直一直到長大成人還會是真正的朋友，對不對？」

「……嗯！」

龍夫突然覺得很不好意思，朝著凝視別處的關根點點頭。可是儘管關根再三邀約一起去釣魚，龍夫還是得去醫院和母親換班照顧父親。

「好吧，那我就一個人去了。我發現神通川旁邊有一個神祕的釣場哩！」

「神祕的釣場？在哪裡？」

「沒有人知道。下一次再告訴你。」

龍夫目送關根吃力地踩著單車離去的背影。直到關根的身影完全看不見了，他才打開小箱子的蓋子，一邊望著英子的相片，一邊走到市營電車站。

躺在床上無法起身的重龍，不僅身體外表的機能有障礙，身體內部更顯著地衰退。第二次中風時重龍突然得了「失語症」，無法像常人般說話。醫生說這種情形會愈來愈嚴重，很難再恢復昔日的模樣。

當天夜裡，龍夫坐在病房的角落對著無法開口的父親說話。當他說到大森把父親年輕時的相片拿給他看時，重龍只是扭曲著臉孔笑了起來。龍夫也不知道自己說的，父親是否真能理解，反正就是一五一十認真地說下去。

「銀藏爺爺答應要帶我去看螢火蟲。數目驚人、一大群的螢火蟲喔！可是螢火蟲什麼時候會出現呢？」

重龍張開口，一心想探索適當的言辭似的，不久又凝視著龍夫的眼睛說：

「好了（いね）……」

「好了？」

龍夫心想是不是叫我可以回家去了。但是，重龍卻用左手抓住龍夫的褲腰帶。

「可以回去了嗎？」

但是，重龍卻搖搖頭表示否定，接著又陷入沉思中。龍夫看著重龍這個模樣，感覺到一種莫名的恐懼。

「我要去看螢火蟲。在鼬川上游，螢火蟲像雪片一般飛舞著……」

「螢火蟲……螢火蟲在川邊……」

重龍努力地吐出這幾句話。

「螢火蟲像雪花一樣飛舞著。」

「雪花、螢火蟲，……雪花、螢火蟲！」

重龍微笑的雙目中滲出淚水，他就保持著這副又哭又笑的表情不斷重複著同一句話。

「雪花、螢火蟲，……雪花、螢火蟲！」

龍夫站起身來以便將父親的手指從褲腰帶上甩開，但是，也不知從何生出的力道，重龍的手指就是緊緊抓住龍夫的褲腰帶，還開始哭了起來。就像小孩子般一面哭一面挪近龍夫身旁，臉孔還在龍夫的腹部磨蹭。

龍夫害怕極了，只想趕快從緊緊摟住自己、彎著身不停哭泣的父親身邊逃走。

龍夫便撒謊說：

「我還有功課要做。」

「媽媽等一下就會來，我必須回去了。」

說完便按著父親的手腕藉力抽離腰身，重龍終於鬆開手指。

下了市營電車後，龍夫站在雪見橋畔，看著鼬川的夜色。在皎潔的月光下，確實有著什麼東西閃爍著，而且在河邊草叢暗處延伸出一道長長帶狀的微光。雖說現在還不是螢火蟲出來的季節，龍夫依然連忙摸索走下草叢，膝蓋以下立即被夜露濡濕。河邊什麼東西也沒有。光的惡作劇欺騙了龍夫。看到的不過是淺淺的溪水沐浴在月華下反射出的亮光罷了。

龍夫在河邊站了很久很久，看了看河川的上流處與橋墩下同樣也閃爍著黃色的亮光。突然間，父親哭泣的臉孔與大森那一句「命運這玩意令人思之不寒而慄」的話，重重壓迫上心頭。

第二天，住在附近的班上同學跑來通知龍夫關根圭太在神通川溺死的消息。這名同學一大早經由老師知會得知這件事後，便挨家挨戶地去通知班上其他同學。說完了明天中午舉行葬禮後，便急忙趕回去了。

「騙人的、騙人的！」

龍夫用顫抖的手解開單車上的鎖，朝關根家騎去。只見店面玻璃上貼著一張紙寫著「忌」字，很多人進進出出的。入口處站著班上一名同學，龍夫便走到他身旁。

「關根真的死了？」

同學默默點頭。

「怎麼死的？」

「報紙上有報導，說是浮在神通川橫向的水渠上。」

「水渠？」

「嗯！說是一個人去釣魚，不小心掉下去的吧……由於沒有別人看見，實際情形也不清楚。報紙上是這麼寫的。」

龍夫也知道那條引入神通川河水、很深的水渠。他心想那或許就是關根所說的祕密釣魚場吧！

龍夫回到家中猛灌了一肚子的井水，而後便躲進壁櫥裡。為什麼這麼做，自己也不明白。他關上拉門，將身子蜷縮在狹小的壁櫥內，盯著從隙縫間透進來的光線。

一直一直到長大成人還會是真正的朋友……龍夫覺得關根的聲音似乎從黑暗中傳來。心想，若是自己也一起去釣魚的話，關根也許就不會死吧。此刻龍夫腦海裡正浮起關根左右扭動著身子、拚命踩著老單車朝路的另一頭漸行漸遠的背影。龍夫就像失魂般一動也不動，一直坐在壁櫥中，而家中除了自己，沒別人在。

大約過了十天左右，鎮上開始傳出有關關根父親的流言。據說關根的父親一看到人就露出恐怖的眼神，一邊還咒罵「沒有教養」這句話。

一開始發現情況不對的，是來店裡訂作衣服的客人。關根的父親工作時依然還是那副老樣子，沒精打采、憔悴萬分的模樣。但是當客人提出稍微困難一點的要求時，他便翻著白眼一直瞪著客人，大叫「你沒有教養」，還把手中的量尺朝客人擲去。

附近的鄰居聽到了流言，前去探望，發現關根的父親面對工作室的牆壁坐著不動，時而喃喃念著「沒有教養」這句話，很明顯的，精神確有異常的現象。

沒有教養——這一陣子龍夫的班上十分流行這句話，每當有人答不出老師的問題或是忘了帶東西，一定會有某個同學指著當事人，大聲嘲笑他「沒有教養」。但龍夫從不曾加入起鬨的行列。

直等到遲開的櫻花散盡，再也說不上是屬於春天的陽光開始照耀這塊北陸的大街小巷，龍夫騎著單車往神通川河畔，一直騎到關根圭太屍體浮起的水渠。當龍夫俯視被黑色水藻覆蓋得滿滿的水渠，只見多得令人不由得驚叫的魚兒游來游去。

龍夫在水渠旁坐下來，取出關根送他的英子相片。這個小箱子裡除了英子的相片外，還折疊放著他與大森龜太郎之間約定的借據。

龍夫把箱子放在草叢上，躺下身子，而後便注目看著相片中的英子。英子的笑容即使拿出來瀏覽多少遍也不膩。就算在笑的時候，英子的嘴唇還是那麼豐滿，顯得萬分溫柔。要是關根的話，一定會正式向英子提出一起去觀賞螢火蟲吧！英子的相片也好，大森拿出來給自己看的父親年輕時的相片也罷，同樣都是在櫻花樹下拍攝的，想起來實在不可思議。

漂浮在水藻上的稻草停著一隻蝴蝶，黑黃相間的細緻斑紋在水渠的正中央隨風搖曳。龍夫趴在水渠邊緣，伸手去捕捉，差一點就捉到了，但是自己也差一點掉下去，他連忙改變自己的姿勢，再次伸手去捕捉。那隻蝴蝶像是僵死了一般，動也不動，可是不論龍夫怎麼調整姿勢就是搆不著牠。

龍夫只得放棄捕捉的念頭，站起身來，心中突然升起一股莫名的憤怒與悲哀。他認為就是眼前這隻蝴蝶害死了關根圭太。龍夫瞄準蝴蝶丟出石頭，蝴蝶貼著水面翩翩飛走。龍夫朝著飛去的方向喃喃念著「沒有教養」，而後又再躺回草地上，凝望著亮得耀眼的藍天。飛翔在高高天際中的老鷹正優遊地畫著圈圈。

螢

在校園一角的洗手處，龍夫正湊著水龍頭喝水時，頭頂上方突然傳來一個聲音。龍夫揚起臉孔，只見班上一名女同學微笑地站在旁邊。

「現在英子也在那邊喝水喲。英子，一定很高興……」

「幹嘛，不要亂說！」

龍夫任憑著嘴上、下巴濕漉漉的，胡亂跑過校園。自己也不知道要跑到哪兒去，就因方才那位女同學出乎意料的一句話，臉孔漲得緋紅。

開始上課後，龍夫數度偷看坐在窗邊的英子。

待上完課，龍夫走出教室，在走廊叫住英子。

「銀藏爺爺說要去觀賞螢火蟲，英子要不要一起去看呢？」

「……是那個螢火蟲嗎？」

英子記得銀藏爺爺的話。

「他說今年一定會出來。銀藏爺爺說，若是今年還不出來的話，什麼時候會出來就不知道了。」

英子原本就是個不多話的女孩。她將視線停留在龍夫肩膀附近，默默考慮著。自從上國中以來，這還是兩人第一次單獨說話。

「什麼時候去呢？」

「……還不知道，大概春耕時就是螢火蟲出來的時期吧！」

「那我問一下媽媽。」

「你媽媽一定會說不可以。」

「……哪會！她不會這麼說的。」

「英子想去嗎？」

「嗯……我想去。」

比起同年齡的女孩子，英子並不是很高，但有一陣子，她比龍夫要高很多。龍夫屬於發育較遲的類型，可是現在兩人並排站在一起，才發現不知何時起龍夫竟然已比英子高了。

龍夫突然衝動地說出關根的事情。這位不久前從自己面前永遠消失的朋友，和自己一樣，不，或許比自己更加迷戀英子。

「關根有一張英子的相片喲！」

龍夫這麼說，他確信英子應該不會因此責備關根。

「……相片？」

「嗯！他從英子的書桌偷來的。」

一如龍夫所預料，英子瞪大了眼睛，將視線轉移至遠方。龍夫想起關根圭太在陽光灑落的道路上踩著單車漸行漸遠、最後的身影，再也無法對英子有所保留，將一切事情和盤托出。

「那張相片，關根送給我了。說是當做友情的紀念，關根就把相片給我了。」

這個時候，龍夫看見班上同學們從走廊那一頭走過來，連忙對英子說道：

「要不要去看螢火蟲？」

「嗯，去啊！我會拜託媽媽的。」

龍夫跑回教室後，教室裡就一直傳出龍夫回答他人問話時尖銳的嗓音。

下一堂課才剛開始不久，就有一名職員走進教室來，附在老師的耳邊輕聲說一些事情。隨後教師便走到龍夫的座位前，低聲說：

「你媽媽在校門口等你，你可以回去了……」

那一瞬間，龍夫第一個浮起的念頭就是父親死了。班上同學們全注視著龍夫走出教室。坐在窗邊的英子臉色看起來有點蒼白。

校園四周樹上的新葉，在多雲的天空下沙沙作響。唯獨立山灰色的山巔在遙遠的前方像雲朵般浮在天邊。

「你爸爸的病情變嚴重了，醫生說，就剩這一、兩天了。」

千代瞧著龍夫跑過來，連忙說起話來。

母子倆步行至西町等候市營電車。戲院的招牌、百貨店的垂簾在繽紛五彩的繁華街道上看起來分外輝煌奪目。

龍夫真希望就這樣在這條繁華的街道上走著，永遠也不要走到醫院。心中不由得想著若能悄悄地尾隨素不相識的一家人身後，或是站在書店裡邊看書邊留意書店老闆的臉色，或是就坐在冷清的電影院內一邊嚼著魷魚乾、一邊專心看著眼前的情節，那將是多麼幸福的事啊！龍夫初次湧起這種不可思議的感覺。

搭上市營電車後，龍夫嘴閉得緊緊的，可是心中卻隨著電車固定的震動不斷喊著「父親死了，父親死了」，而後突然想起銀藏爺爺說的那句話：

「要等兒子長大了、幸福過日子後才死。」

龍夫將這句話，與在櫻花樹下裸著上半身、瞇著眼跟朋友勾肩搭背的十八歲父親身影聯想在一起。

市營電車以相當快的速度行進。龍夫拉著吊環的身子隨著車體前後大幅搖動著，一邊看著車窗外寧靜的街道。對「死亡」與「幸福」這兩件事莫名的不安，如今突然幻化成波濤般在體內澎湃不已。龍夫竭力壓抑，不讓自己驟然狂叫出聲。

五月的陽光軟弱地穿射雲層，灑落在家家戶戶的屋頂上。龍夫眼前不由自主地浮現出關根圭太那微微下垂的眼睛以及那又圓又大的鼻子。腦海中還出現一幅清晰的畫面：關根全身纏滿黑色的水藻，臉朝下，漂浮在深邃水渠的清澈水面上，那景象清晰得宛如親眼目睹一般。那隻斂翅歇息在水面稻草上頭的大蝴蝶一身精緻斑斕的花紋，不知不覺中，與前不久額頭微微冒汗地站著凝視龍夫肩頭的英子身上傳來的體味，隨著市營電車劇烈震動，在龍夫腦海中交錯浮現。

「你出生後……」

千代開口說道。平日不太有血色的臉頰，不知因何緣故泛起紅潮，發著光。

「你爸爸戴著老花眼鏡一直端詳著你的手掌、腳底，看個不停，還說，跟我的手相一模一樣，這種像豆子般大小的腳果真能穿上皮鞋走路嗎，我是否能活著看到那一天呢……五十二歲才有第一個孩子，寵愛也沒個節制，疼你疼得……」

「角力時，他絕不肯輸給我。」

龍夫將臉孔倚在拉著吊環的手腕上說著。對於父親為什麼不肯輸給自己一事雖覺得不可思議，但是他還是非常懷念那段無數次父子倆手臂交纏角力的日子。

「……真的，他一次都不肯輸。」

一位熟識的中年護士等在醫院入口處。她經常是清晨起開始大聲打鼾，便不曾再睜開眼睛。

護士以小跑步跑進病房，用力搖撼陷於昏睡狀態中的重龍雙肩。

「我已經這樣做了無數次……可是他一直沒有清醒過來。」

說完後再度搖撼重龍的肩膀，並且在重龍的耳邊叫喚。

「水島先生，水島先生，您太太來了，兒子也來了。」

僅僅一天之中，重龍削瘦的程度令人吃驚。就在這時，重龍微微睜開眼睛，護士驚叫一聲看著千代與龍夫。重龍扭曲著臉在哭，既未發出聲音也沒有流下眼淚，只是竭盡全力抽動著臉上的肌肉在哭。

千代緊緊握住重龍的手，將耳朵湊近重龍的嘴邊。她覺得丈夫似乎一邊哭泣一邊在說些什麼。

「春……」

重龍再次說出這個字後，便又再度昏睡過去。千代只覺得一股被絞搾淨盡的痛楚迅速傳遍全身，盈眶的淚水不停地流下來。千代緊緊摟住丈夫大聲叫：

「不要擔心，什麼都不用擔心！春枝現在生意做得很好，過得很幸福……孩子的爸，你可以不用擔心！」

千代確信丈夫所說的那一個「春」字指的是已經離異的前妻。千代拭了又拭，淚水依然滴落至下顎。

第二天快中午時，坐在椅子上假寐一下的龍夫，突然發現重龍已然過世了。因為千代也睡著了，以致於才這麼一會兒，兩人都不知道重龍是何時斷氣的。

過了頭七後的第二個禮拜天，龍夫家來了兩位客人。一位是千代的哥哥，目前在大阪經營飯館的喜三郎。

搭夜車一大早抵達富山的喜三郎，隨即在重龍的遺相前焚香禱告。

「一直有事抽不開身，無法來參加喪禮，這一點請你務必諒解。現在啊，我終於下定決心在心齋橋開店了。就是為了這件事忙個不停……你覺得如何？在心齋橋，沒教你吃一驚吧？」

喜三郎說著便笑逐顏開。龍夫討厭這位舅舅，因為在他圓滑的笑臉中，眼睛總是毫無笑意。

喜三郎把自己的獵鳥帽戴在龍夫頭上。

「才一會兒工夫沒見面，就長這麼大了！」

接著眼神環視了屋內一圈。

「這麼一棟房子就此放棄未免太過可惜了吧！」

喜三郎說話的音調完全是大阪口音，但是尾音拖長、抑揚頓挫的方式仍不脫北方的鄉音。或許是種習慣吧。喜三郎不斷地眨著眼睛，而後問說：

「聽說這棟房子也用來償還債務是嗎？」

因為喜三郎聲稱尚未吃早餐，千代正在準備飯食。

「也抵押在內，光是那麼一大筆借款，再怎麼說，以這個房子和辦公室……」

「此正所謂的巧婦難為無米之炊啊！喏！這筆小小的借款就當奠儀來抵吧！」

千代瞅了兄長一眼。重龍倒下了，這麼一筆小錢能派得上多大的用途呢？喜三郎說他在車上一夜未闔眼，一用完早餐，千代便幫他鋪好被褥，不多久後鼾聲便響起。

另一位客人在快中午時到訪。看到站在玄關處那位略顯老態的婦人那一瞬間，千代一眼就猜出她是重龍的前妻春枝。千代從不曾與春枝見過面。

十五年前，春枝就堅拒與千代會面，而重龍本人也不願兩人見面，當然千代也抱持著同樣的想法。所以，重龍與春枝之間當時如何解決，千代一概不知情，重龍也從來不曾說起過。然而，千代很能明白做為一個妻子對於丈夫與其他女人有了孩子、又以此為理由作為離異的藉口，那種痛楚有多難受。

一如傳聞中所言，春枝的生活毫無匱乏，從她染得墨黑、梳得有條不紊的挽髻，以及身上所穿的淡茶色浴衣便可見端倪。

「前天，才聽人家說起你已經去世了。」

春枝凝視著重龍的遺像喃喃自語著「你真的死了嗎」。

「窮到可憐得死了……我只說一句話，這是活該……這是報應……我來只為了說這一句話。」

春枝回過頭對千代展開明朗的笑容。

「我不是為了對千代說這句話而來的，而是想對這個人說……。」

千代本想說出重龍臨死之際還念著前妻的名字，一聽到這些話便閉口不言。千代覺得丈夫所指的不是春枝，事實上或許另指其他事情。在千代心目中，重龍是個常以言語表達自己心中所思，但絕非表明真正本意的人。

到底為什麼重龍會和結縭二十載的髮妻離異而和自己結婚呢？僅僅是為了想當孩子的父親嗎？抑或是他真的愛上了自己？千代與春枝相對而坐，不斷地思量著。

春枝從皮包中取出眼鏡戴上，仔細打量坐在一旁的龍夫。

「長大了哪……我和千代雖是第一次見面，可是和龍夫卻是第二次見面呢。」

千代驚訝地看著笑吟吟的春枝。

「那個人說這事是瞞著千代你的。他曾經抱著兩歲大的龍夫到金澤來給我看。」

千代萬萬想不到會有這種事。

「真有此事？」

「他還很開心地說『這是我的種』，真像個大傻瓜。後來我和他們父子倆在金澤車站前一起吃晚飯，就像真正的夫婦、真正一家人一般，就在用餐的當兒，心中升起一股難以承受的悲哀……那一次他又給我一筆錢，跟離婚時給的贍養費數目相同，要我去做點什麼生意，還教我去頂下已經歇業的舊旅館重新經營。就是那個人的勸告，我才會開始經營現在的生意。他曾經說要再來看我，但我要求他不要再來。雖然這麼說，但我認為他是那種還會再來的人，可是從那一次之後，他一次也沒再來過……」

春枝將視線落在自己的手指甲上，喃喃自語說「真像是一場夢」。

「我已經六十三歲了。」

說畢，春枝便換上嚴峻的表情，隔著眼鏡一直凝視著龍夫。

千代與龍夫一同送春枝到市營電車站。看著春枝始終默默凝視龍夫的神情，千代不知為什麼愈來愈不願意就此與重龍的前妻道別。就在千代想開口說些什麼話的時候，電車來了。

「讓龍夫送你到富山車站吧。」

千代迅速說出這句話，推了一下龍夫的背。

到了富山車站後，這一次換成春枝邀約龍夫一起至高岡。

「……到高岡？」

「太遠了嗎？」

「沒關係。」

「要是快車的話就只是一站而已，送我到高岡吧！」

春枝開朗地笑著强拉住龍夫的手腕。

當列車通過神通川時，春枝詢問龍夫喜不喜歡讀書。龍夫回答有時喜歡有時討厭，春枝聽了用力點點頭，微笑不語。這就是龍夫與春枝從富山至高岡途中唯一較正式的談話內容，之後，春枝再也沒說什麼，僅僅是一直盯著龍夫而已。

列車到達高岡後，龍夫走下月台，然後走到春枝座位那邊。春枝從窗口伸出雙手握住龍夫的手腕。她整個臉龐都皺成一團，泣不成聲地說：

「伯母有的東西全部都給你。生意算什麼，錢算什麼，這些東西算什麼，全部都可以送給你……」

春枝一邊哭一邊在紙條上寫下自己的地址，遞給龍夫。車上的乘客還有月台上的人們都以訝異的神情看著龍夫與春枝。列車開始啟動了，龍夫以小跑步跟著列車跑。

春枝不斷叫著：

「一定要再見啊！一定要再見啊！」

那一天夜裡，喜三郎勸千代母子倆搬去大阪。川邊傳來細微的蟲鳴。

「我終於要在心齋橋開店了！知道的人都大吃一驚。再怎麼說，從事接待客人的生意最重要的還是地點。只要能得到地點，以後就全是自己的。我能有今天的局面，也真的是嘗盡千辛萬苦。」

據喜三郎說，一下子擴張成兩家店，舊的店面還是需要有人負責掌管。

「我想把這事委託給千代，你以前在金澤也曾招呼過客人。有同樣經驗的人很多。但從另一方面來說，心性能讓人了解、讓人信任的，終究還得是自己的親人才行。……而現在最親的不過就是我們兄妹倆，再加上我又沒有子嗣，說輕鬆快活也可以說是輕鬆快活，要說沒有元氣也是沒有元氣。」

喜三郎又對遲遲難以下定決心的千代剖析事理。

「再說，當初我到大阪創業時，曾向重龍借過錢。錢是早就還清了，但我也想相對的盡分心意，還他的人情。……仔細想看看，龍夫明年也得要上高中了，若是他本人有意思，或許還想念大學。可是，一個快五十歲的女人洗盤子又賺不了什麼錢。不如來大阪，來我的店幫忙。我還供不起龍夫念高中、念大學嗎？」

正為新開的店忙得昏頭轉向的喜三郎，非常需要一個好幫手為他照料舊的店面。

「我非常感謝哥哥的盛情，可是……」

「不論在什麼地方生活都是一樣的。要離開熟悉的地方的確讓人捨不得，但大阪那兒可是個相當不錯的地方喔。」

喜三郎也對龍夫說：

「放暑假時再搬過來吧。用功一點，一定可以考上大阪的高中。都市也許和鄉下不同，由於各方面的程度都較高，現在開始用功的話，趕不趕得上還不知道。反正一切全包在舅舅身上。好的私立高中多的是。龍夫，和媽媽一起到舅舅這兒來。去看看熱鬧的通天閣啊！」

龍夫默默站起來，走進自己的房間。拉開書桌的抽屜，取出關根送給他的小箱子。在英子的相片下方，折放著他和大森龜太郎之間交換的借據，龍夫再把今天春枝交給他的紙條放在借據的下方收藏起來，然後坐在椅子上又一次久久看著英子的相片。

「今年可說是千載難逢的機會。會出來的，一定會出來的。」

銀藏爺爺做完工作，拉著貨車彎至龍夫的家，這麼說道。

「真的嗎？您怎麼知道？」

龍夫順勢興沖沖地問他。

「前一陣子，住在大泉的老朋友來我家時說，以往沿著川邊飛舞的螢火蟲，今年一隻也不見蹤影……」

「一隻也沒有？」

「嗯！所以才說是千載難逢。上一次也是如此。在這樣的情形下，螢火蟲才會成群地一次飛出來。不會錯的。」

「什麼時候會出來？」

「就在螢火蟲交尾的時候。當螢火蟲大限來臨之前。」

銀藏爺爺仔細觀察傍晚時分蝙蝠漫天飛舞的天空，細聲自語就是下個禮拜六吧。過完一個禮拜後，大家就會一起開始插秧了。

「帶著便當遠足至寺廟吧！若是下雨的話就取消。早來了或晚來了，就是這一天了，如果螢火蟲不出來的話也不會遺憾。」

千代用沁涼的井水打濕毛巾，再用力擰乾放在臉盆中端過來。

「您總是這麼有幹勁。擦了汗、抽根菸吧。」

銀藏爺爺把切成兩截的香菸塞進菸管裡。

「今年是兒子的七週年忌……」

「啊，已經這麼久了嗎？」

喪偶的銀藏爺爺目前和女兒、女婿一起過活。唯一的兒子源二本來是個木匠，從正在建造的房子屋頂摔下來死了。這麼快已是七週年忌了嗎？千代重新回想起死去的源二在當時已經訂了婚，對方是礪波地方石匠的女兒。千代還記得那個女孩健康的肌膚上泛出的光彩與隨時響起的歌聲。源二曾經帶著未婚妻前來拜訪，告知兩人已經有了婚約。

那女孩唱過無數次礪波地方人們常唱的民謠，給龍夫還有附近的孩子們聽，同時還笑著說這是熟人之間的表徵，女孩說這話的神情還殘留在千代心中。然而，過了還不到十天，源二就驟然去世了。

「那個女孩現在不知如何？」

千代本想說或許已經結婚生子了，但忍住沒說。千代想起源二摔下來時滿頭鮮血，銀藏爺爺緊緊抱住獨生愛子的屍體不放，自己也沾滿一身血跡，像石頭般一動也不動。

銀藏爺爺又開口道出一樁他人不知的祕密。

「源二那小子讓那女孩有了身孕……。我也是在很久之後才知道的。我專程趕到礪波跪在地上向對方的雙親道歉。在我接到把孩子拿掉的信函之後……」

龍夫騎著單車到英子家。「辻澤齒科」的招牌燈已經亮了，一樓診療室前坐著兩、三名患者。龍夫按下旁邊廚房門口的電鈴，屏息僵著身子等待著。一會兒，英子的母親探出臉來。

「啊，是阿龍！什麼事呢？」

英子的母親初子也參加了重龍的葬禮，可是無暇說上話。因此，龍夫與初子也有好幾年不曾說過話了。

「英子在家，進來吧。不要站在那兒呀……。以前你還不是把這兒當成自己的家隨意進出，怎麼現在反而生疏了呢？」

英子從樓上走下來，嗤嗤地笑著招呼：

「阿龍，上來吧。」

現在的英子，和平日在學校裡看見的大不相同，散發出小學時期那種親暱的氣息。

可是，龍夫依然站在廚房門口，告訴英子哪一天去觀賞螢火蟲。初子似乎反對女兒前去，英子不滿地推推母親的背部。

「要到那麼晚……。雖說還有銀藏先生一起去，但他也上了年紀了——」

「我媽媽也會一起去。」

龍夫迫不得已只好撒謊。初子凝視著女兒的臉龐，終於鬆口答應。

「這樣的話，既然女兒把觀賞螢火蟲看得比入學考試更重要……要是千代也一起去，我就不用擔心了，何況你又這麼誠意邀請——」

初子口中還對女兒叨念著不要太晚回來。

「那麼壯觀的景象，我也很想去看看，可是診所的護士突然辭職不幹，我實在是忙得分身乏術啊！」

說完又皺著眉頭走向廚房。

「祈禱不要下雨吧！」

英子小聲地說。此時的英子看起來非常早熟。英子罕見的開始主動和龍夫聊起話來。當龍夫正想回去時，英子突然說：

「關根是個小偷。」

英子說完後斜睨著龍夫，連耳根都紅了起來。

龍夫也紅著臉回答：

「相片還你吧。」

「那種友情，聽都沒聽說過。」

說完這句話後，英子便直低頭，沒再抬起臉龐來。

龍夫並沒有直接回家，騎著單車在路上左右蛇行閒蕩著。

「是不是用了媽媽做幌子去約英子？」

千代的笑容中帶著幾許曖昧。自從重龍去世後，龍夫還是第一次看見母親露出笑臉。

「哪有，我才沒有用媽媽做幌子，我是真心想要媽媽跟我們一起去。」

「算了吧！媽媽哪有可能專程和你們去呢？真是天真得可以……」

「為什麼……？」

「媽媽有好多事要做哩！不回信給你喜三郎舅舅也不行啊！」

「媽媽，我們要搬去大阪嗎？」

在這之前，龍夫已經問過好幾次了，但是，千代總是避不回答。她一想起今後要如何安排母子倆的生活便煩惱不已。

到六月底止，這棟位在豐川町的房子就必須讓渡給債主。母子倆的棲身之處雖不成問題，但是，若順從喜三郎的建議搬去大阪，確實可以省下多花的房租。

自從那一次見面之後，喜三郎已經寄來第二封催促的信函。喜三郎似乎是真心的，這對千代來說並不是壞消息。千代深知事實確如喜三郎所說的，做一個廚娘收入相當有限。就算是被喜三郎利用，或許還勝於在報社的員工餐廳當個廚娘精打細算過日子要好得多。然而，要前去投靠打心底無法信任的哥哥，加上要離開這塊熟悉的地方，總令千代難以下定決心。

「搬去大阪一事，龍夫有何想法呢？」

千代詢問兒子的意見。

「媽媽想去的話，我是無所謂。」

「真要是搬去的話也沒關係？」

「……嗯。」

實情絕非如此。千代非常明白龍夫的心情。千代知道除非龍夫再大一點，他是絕不願離開這塊出生成長的故鄉的。然而，龍夫就是龍夫，他早已預感到母子倆勢必得搬到大阪去。自從喜三郎奉勸母子倆搬到大阪去之後，不知為何緣故，他就深深有這種感覺。儘管母子倆都不想搬去大阪，甚或任何地方。

向大森龜太郎借來的錢，光支付醫院與葬禮的費用就用去了一半，其餘的再支付其他必要的瑣碎借貸後，早已一乾二淨。母子倆目前已面臨明日舉炊之難。

玄關處傳來一陣聲響，原來是英子與初子母女倆。

「來早了點，我帶我女兒來了。」

初子大聲說道，接著又笑著說：

「幸好今天天氣很好。」

這天天空確實很難得地顯露出蔚藍無雲的景象。

英子把手腕背在身後，害羞似地躲在母親背後，今天的英子身穿一襲印滿黃色小花的洋裝，襯得原本就十分白皙的肌膚更加美麗。而這股女人味，深藏著自己遠能體會的某種風情，龍夫光看一眼便感到非常畏怯。

「今天，中午就忙著做便當哩！」

初子吃力地提起水壺與疊層餐盒。

「這次的邀請真的是太過倉促，像我只準備了飯糰而已……」

「別這麼說，還麻煩你們帶我們這個大小姐去呢，當然我們要準備吃的東西……唉！『吾家有女初長成』，做母親的不免會變得神經質一些，一想起在夜裡待到這麼晚還是會擔心的。聽說銀藏先生和你都一起去，我就安心了。」

千代向上翻翻眼珠看著龍夫，隨之笑著對初子說：

「我不曾看過那麼多的螢火蟲，心想著無論如何一定要去看一次到底是何等壯觀的場面。所以說，今天反而是我最積極了。」

坐在玄關樓梯口處的初子應聲回答：

「螢火蟲愈來愈少了呢，以前這一帶總可以看見好多隻飛來飛去的。這都是拜農藥之賜喲。」

初子說完後便站起身來，對三人說要帶很多螢火蟲回來做禮物後便回去了。就像輪番登場般，初子後腳才踏出，身穿著簇新、漿得筆挺的「半纏」4裝束的銀藏爺爺便翩然到來。銀藏爺爺看著英子，笑容滿面地說：

「哇！真不得了，已經出落成一個美人樣了，真令爺爺吃驚。」

接著又說：

「在爺爺印象中，英子總是穿著一條短裙到處亂跑呢。」

由於銀藏爺爺和藹的口吻，英子終於開口說話：

「爺爺總是穿著半纏……。出門也是那麼一件半纏。」

「哎，今天爺爺身上穿的半纏可是特別高級的外出服喔！」

銀藏爺爺看著換好衣服從玄關走出來的千代便問：

「咦，千代也要去嗎？」

「不去都不行哪！」

龍夫總覺得眼前的母親似乎有點雀躍不已的樣子。

銀藏爺爺指一指腰間所繫的大水壺說：

「這裡面是酒。另外我也帶了手電筒，還有可以坐在草地上的塑膠布。」

銀藏爺爺攜來的物品與英子帶來的水壺、便當，再加上千代做的飯糰，全部加起來相當可觀。龍夫將行李綁在單車的後座上，吃力地推著車。四個人沿著還很明亮的川邊道路往南方上游走去。此時的鼬川和平日看起來大不相同，極目望去，盡是一片輝煌、錦繡的景象。

一座座木橋以一定的間距座落著，愈接近上游源頭，河川愈漸呈現小幅曲折景致，同時深度也慢慢加深。平日見慣的風景不知不覺中拋在後頭了，眼前的景致由陌生的街景很快地轉變為閒靜的鄉村風情。

「還沒到滑川之前，先到常願寺川，這條河川比神通川稍微小一點，不過同樣也是注入富山灣的喔！常願寺川的上游源自於立山，而鼬川就是常願寺川的支流，因此，春夏之間，鼬川河水中常夾帶大量立山雪融後的雪水。」

三人似乎早有約定般很有默契地皆不說話，只剩銀藏爺爺獨自一人喋喋不休，但不久之後也沉默了起來。在四人緩步前進之際，太陽漸漸西斜了。

只見一隻老鷹自四人一旁俯衝而下，橫過開始泛起微紅的川面，攫起一條小魚而去。

穿過大泉中部地區，河川與富山地區立山線的鐵道交叉後，變得更狹隘更深峻。眼前所見的田園比起之前的更為遼闊。忙著春耕的農家正開始收拾工具，一一從灌滿用水的田圃中歸去。

龍夫看著眼前酷似泥沼的田圃，腦海中突然浮起父親說的話。業已喪失語言能力的重龍，曾經很吃力地對龍夫囁嚅著說：

「好了……」

龍夫心想，那句話或許不是告訴他「回去」，而是告訴他螢火蟲出現的時期。植稻之前正是螢火蟲出現的時期。父親想說的或許是「稻子」，這個字吧！龍夫回想起當時父親哭泣的臉孔，以及向自己猛撲過來的恐怖舉動。到底那是不是真的意味著「稻子」，龍夫自己也無法確定。

「有一點累了……」

千代說出這句話後，大夥兒都停下了腳步。四個人走著走著早已拉開一段相當的距離。龍夫始終推著單車，小腹兩側早已受不了了。銀藏爺爺說著「吸一根菸吧」便在路旁的石頭上坐下來。

「我已經很多年不曾走這麼多的路，這個世界上，再也沒有什麼事能讓我走這麼多的路了。」

銀藏爺爺臉上被陽光曬得黝黑的皺紋，好像每當臉部表情改變時，就會隨著發出聲音。

「大夥兒說點話嘛。我可是有螢火蟲不出來就走上一整晚的覺悟喔。」

「我也陪銀藏爺爺一起走。」

英子在旁附和著。

「大家說話啊！這樣子好像去參加葬禮似的。」

銀藏爺爺再也耐不住性子嚷著。四個人同聲大笑起來，惹得走在田邊小徑正要回家的農夫們同時回過頭來看。

「我是累得說不出話來。」

千代打心裡嘟囔著。長期以來壓抑的疲倦，似乎藉著這次的步行一舉從體內深處釋放了出來。

「螢火蟲真的會出來嗎？」

千代看著興致勃勃向銀藏發問的英子業已發育成熟為女人的胸部、腰部，感覺似乎嗅到某種懾人的氣息般，便將目光轉開。

聽到銀藏爺爺說「再步行一會兒就進入小森林」，四個人又站起身來，並且決定要在小森林中進餐。

銀藏爺爺用手指指夕陽：

「哦……太陽下山了。」

夕陽一口氣便落入地平線下。金黃色的光源與暗雪層次分明地緩緩相互偎近，揉合出壯觀的火紅，剎那之間，炸裂成點點火焰散布在廣袤無垠的蒼穹，展現出餘燼般的火紅，一種物質瀕臨滅亡前瘋狂地迸發最美一面的火紅。

英子又問銀藏爺爺：

「螢火蟲真的會出來嗎？」

「我的直覺不會錯的。今天一定是牠們一生一次的大日子。」

在這之後又走了一段相當長的路程。正如銀藏爺爺所說的，鼬川逐漸彎向左邊，穿越一片繁茂的樹林。從這兒眺望前方，路愈來愈窄，連推著單車步行的空間都沒有，龍夫便把車子擱在當地。

太陽下山後，晚風驟然冷了起來，樹林中更是一片漆黑。在草叢上鋪好塑膠布後，四個人坐下來伸出腿休息一下。銀藏爺爺把手電筒掛在枝椏上，蟲鳴聲、溪流聲宛如地鳴漸次高亢。遠方民家的燈火點點分布在水田中，仔細看，就有點像低地上在發光。道路漸漸上升到不知名的地方。川邊道路則由低地如同河堤般延伸。茂密的草叢把小路都包圍覆蓋起來。

英子問：

「已經走到哪兒了？」

「過了大泉後，又走了好一陣子……」

銀藏爺爺在身上不停摸索，不知在找什麼東西。

「糟糕！忘了帶錶來。」

英子、千代也都沒帶錶來，龍夫當然更不用說。

「剛才走過的路，回去時還得把它走完，不早一點回頭的話——」

千代說道。千代認為自己有責任將英子好好地送回家。但是就算現在啓程往回走，將英子送回家一定也超過九點了。

「沒關係！晚一點沒關係……還沒走到螢火蟲誕生的地方呢！」

英子不滿似地捏著束在頭頂上的一綹頭髮。

「不是誕生的地方，而是牠們從四方匯集、在那裡交尾的地方。」

銀藏爺爺的身上散發出甜酒的味道。

「再走個一千步吧！」

不曾開口的龍夫說道。

「萬一螢火蟲在第一千五百步會出來怎麼辦？」

英子可憐兮兮地抗議，大夥聽了都笑了起來。

「好吧！就走一千五百步吧！若是還看不到螢火蟲就放棄，就這麼決定了。」

此時，頭上傳來貓頭鷹的叫聲。千代心中在這一瞬間浮起一個想法。在這渺無人煙的夜路上再走一千五百步，若是螢火蟲不出來就啓程回家，同時自己也就留在富山當個廚娘，撫育龍夫長大成人；若是遇到大群的螢火蟲，就依喜三郎所言，母子倆搬到大阪吧！

千代站起身來，膝蓋微微發抖。對千代來說，她很想看一次絢爛的群螢亂舞。千代將未來的命運孤注一擲，賭在是否能一睹今生難得一見的螢火蟲盛會上。

貓頭鷹又開始嗥叫。四個人剛起身前行，蟲鳴就停下來，萬籟俱寂的山頭素月高照。蟲鳴之聲過了一會兒才再度從地底下響起。

路愈往上坡，布滿稻田中的水在眼前遠遠地反射出月光。溪流聲聽來遙遠，除了手電筒所投射的地方以及民家的燈光，什麼都看不見。

從左方微微傳來溪流的響聲，四人循著聲音同時順著路彎至左邊。這條路彎彎曲曲的，在看到眼下月華輝照的河面那一瞬間，四個人都說不出話來，當場楞在那兒。還走不到五百步，便看見數萬、數十萬計的螢火蟲安靜地在川邊飛舞，和四個人心中早先描繪好的華麗景觀都截然不同。

一大群的螢火蟲就像是瀑布下方舞弄寂寞的微生物屍體一般，孕育著難以估量的沉默與死臭，一邊向天空一遍又一遍暈染出或濃或淡的光華，一邊又似粉狀般冷冷的焰火飛舞著。

四人始終站著不動，好長一段時間一直保持著這個情況。

良久之後，銀藏爺爺平靜地低語：

「什麼樣的生物啊！真是大開眼界……」

「真的是……太壯觀了！」

千代不知不覺中說出這句話，接著又强調「果然不是騙人的」，在草地上坐下來。被夜露沾濕已不算什麼了，千代打心底只想著這不是騙人的。將魂魄寄放在無限悲哀、綻放著瞬間蒼白光華的光塊上，令千代深刻地體會到往日諸事全都不是騙人的，那個時候一切的一切都不是騙人的。千代蜷曲著身子將下巴擱在膝蓋上，覺得身體愈來愈冷。

「出來了……」

英子湊在龍夫耳邊悄聲低語，身上的氣息漸次沁入龍夫體內。

「……牠們正在交配，為了孕生新的螢火蟲。」

銀藏爺爺不經心地喘著氣，說話的腔調聽起來似乎有些精神恍惚。

「要不要下去？」

龍夫問。

「不要。」

英子拽住龍夫的皮帶，强行拉住他：

「在這兒看就可以了。」

「為什麼？」

英子並沒有回答這個問題，只是更用力地拽住龍夫的皮帶。龍夫自顧自地朝川邊走下去。

「阿龍，不要，拜託不要去。」

儘管口中念了好幾遍，英子還是跟著龍夫走下去。逼近一看，螢火蟲匯集成數條波浪般緩緩起伏擺動著，本以為螢火蟲是顫動著發出光亮，不料看見的卻是筋疲力盡、逐漸萎縮的景象。數萬數十萬計的螢火蟲交疊著身軀，不休不止地一閃一滅，正創造苦悶寂寞的生命光塊。

龍夫與英子所在之處正是川邊窪地的底層，夜露將兩人膝蓋以下的部分都浸濕了。

龍夫回頭仰視河堤。除了一片漆黑外什麼都看不見，連月亮都被樹木遮蔽住。銀藏爺爺與千代應當就坐在上頭的草叢中，可是龍夫從下面完全看不見，就連身邊英子的臉龐也顯得朦朦朧朧的。英子依然緊緊拽住龍夫的皮帶不放。龍夫很想對英子說說話，可是卻又找不出什麼話來說。而他聞到了自英子發熱的身軀上傳出的氣味。

這個時候，一陣强風吹過，撼動了樹叢，也將沉落在川邊的螢火蟲襲捲起來，匯聚的光如浪花四濺般落在兩人身上。

英子發出悲鳴，不斷扭曲著身軀。

「阿龍，不要看……」

英子輕輕哭了起來，用兩隻手抓住裙子下襬，啪嗒啪嗒地揮搧螢火蟲。

「到那一邊去……」

然而，數量驚人的光粒仍纏著英子不放，有些還從胸前、裙子下襬鑽進去。白生生的胴體發出亮光朦朧地浮現出來。龍夫屏息看著眼前的英子。一大群的螢火蟲沙沙聲地群聚過來。龍夫已分不清那是螢火蟲的聲音還是溪流的聲音。數萬數十萬計的螢火蟲不知從什麼地方雲集過來，讓龍夫產生一種錯覺，彷彿牠們是不斷從英子體內產生出來的。

螢火蟲順著風勢飄流至銀藏爺爺與千代的身旁。

「啊！真想就這樣睡著……」

銀藏爺爺躺在草叢上嘟囔著。

「……一切都結束了吧！」

千代確實升起凡事都已經結束的感覺。她聽見了撥弄三味線的琴音。傾耳一聽，像是遠方的村莊傳來盂蘭盆會的歌聲，可是現在還不到那個季節啊。千代塞住耳朵不去聽，但是，三味線的響聲縈繞不去，像風又像夢一般，微微撥動的絃聲總是在千代內心一隅不斷響起。

千代蹣跚地站起身來，走過草叢。此時早已過了應該踏上歸途的時間。千代抓住枝椏探出身子，向川邊極目望去，喉頭不禁發出一陣悲鳴。風已停息，窪地的底層處也再度恢復寂靜，只見妖異螢光交織出一個人的形影。

1——日本靠日本海的地區。

2——一種配合三味線演唱的歌曲。

3——相撲用語，以手提高對方褲腰處，用力摔出去。

4——一種日本外衣，類似「羽織」，但沒有翻領。

5——日文中「稻」的發音也是「いね」。

文藝系 016

泥河・螢川(泥の河・螢川)

作者　宮本輝
譯者　袁美範
責任編輯　小調編集
美術設計　POULENC
內頁排版　高嫻霖

發行人　林依俐
出版 / 青空文化有限公司
100台北市中正區忠孝西路一段50號22樓之14
電話:02-2370-5750
service@sky-highpress.com

總經銷 / 大和圖書有限公司
電話:02-8990-2588
印刷 / 前進彩藝有限公司
2020(民109)年4月初版一刷
定價 320元
ISBN 978-986-97633-4-9

國家圖書館出版品預行編目(CIP)資料

泥河・螢川 / 宮本輝著; 袁美範譯.-- 初版 --
臺北市:青空文化, 民109.04
208面; 13 x 18.6 公分. --(文藝系; 16)
譯自:泥の河・螢川
ISBN 978-986-97633-4-9(平裝)
861.57　　109002841

讀者回函卡

1.您是從哪兒得知《泥河・螢川》的？
□書店　□網站　□Facebook粉絲頁　□親友推薦　□其他

2.請問您購買《泥河・螢川》是為了？
□自己讀　□與伴侶分享　□與家人分享　□送給朋友　□其他

3.《泥河・螢川》吸引您購買的原因？
□品牌知名度　□封面設計　□對故事內容感到興趣　□與工作相關
□親朋好友推薦　□贈品　□其他

4您是從何處購買／取得《泥河・螢川》？
□博客來網路書店　□讀冊生活TAAZE　□誠品書店　□金石堂書店
□一般書店　□網路書店　□親友贈送　□其他

5讀完這本書之後您會繼續購買宮本輝系列其他作品嗎？原因又是如何？
□會
□不會

6讀完《泥河・螢川》，您對本書或青空文化有什麼感想、建言或期許？

基本資料

姓名
性別：□男□女　婚姻：□已婚　□未婚
生日：西元　　年　月　日
行動電話：
E-mail：
通訊地址：
教育程度：□高中職（含）以下　□專科　□大學　□碩士　□博士（含）以上
職業：□資訊業　□金融業　□服務業　□製造業　□貿易業　□自由業　□大眾傳播　□軍公教　□農漁牧業　□學生　□其他
每月實際購書（含書報雜誌）花費：
□300元以下　□300~500元（含）　□501~1000（含）　□1001~1500（含）
□1501以上~

廣	告	回	信
臺灣北區郵政管理局登記證			
第 0 4 8 2 9 號			

平 信

10041
台北市中正區忠孝西路一段50號22樓之14
青空文化 收

文藝 016

書號：BG0016

書名：泥河・螢川

青空線上回函